와일드가 말하는
오스카

Oscar by Wilde

오스카 와일드
박명숙 엮고 옮김

와일드가 말하는
오스카

Oscar by Wilde

행복한 나르시시스트의
유쾌한 자아 탐구

누군가가 와일드에게 모든 시대를 초월한 명작 백 권을 소개해 달라고 요청했다. "그럴 수 없을 것 같은데요." 그가 대답했다. 그 이유를 묻자 와일드는 이렇게 대답했다. "난 아직 다섯 권밖에 쓰지 않았거든요."

오스카 와일드

행복한 나르시시스트의 유쾌한 자아 탐구

나는 나 자신에게 수수께끼 같은 존재다.
세상에서 속속들이 알고 싶은 사람은 나 자신밖엔 없다.

— 오스카 와일드

『와일드가 말하는 오스카』는 오스카 와일드가 남긴 '자아 탐구의 기록들'을 엮은 책이다. 일종의 자서전이라고 해도 무방할 정도로 그의 다양한 면면이 때로는 유쾌하고 때로는 아이러니하게, 또 때로는 진지하게 펼쳐진다.

오스카 와일드는 우리가 흔히 '자서전'이라고 일컫는 책을 따로 남기지 않았다. 아마도 그가 감옥에서 동성 연인이었던 앨프리드 더글러스에게 썼던(그러나 부치지는 못했던) 긴 편지 『심연으로부터』가 그의 자서전을 대신한다고 생각해도 무방할 것이다. 리처드 엘먼의 야심 찬 저작을 비롯해 오스카 와일드를 탐구한 전기들은 많이 나와 있지만, '오스카 와일드의 자서전'이라고 이름 붙일 수 있는 책은 없다. 그러나 그는 평생 동안 '아름다움의 추구'와 더불어 '자신을 탐구하는' 일을 멈추지 않았으며, 그러기 위해서라면 스스로 위험 속으로 걸어 들어가는 것조차 두려워하지 않았던 삶의 탐험가였다.

와일드는 1897년 5월 19일에 출감한 뒤 프랑스의 베른발이라는 조그만 마을에 은거하다시피 했는데, 그 당시 자신을 찾아온 앙드레 지드의 질문에 이렇게 답한 바 있다.

> 우리는 이런저런 이야기를 나누었다. 나는 알제에서 우리가 마지막으로 만났을 때의 이야기를 꺼냈다. 나는 그때 내가 그에게 파국이 닥칠 것을 예고했던 일을 기억하는지 물었다.
>
> "당신은 영국에서 자신을 기다리고 있는 게 어떤 것인지 대략 알지 않았나요? 위험을 예감하면서도 그 속으로 뛰어들었던 겁니까?"
>
> "오! 물론이에요! 난 파국이 닥칠 거라는 걸 알고 있었어요. 이런 식이 아니더라도 다른 어떤 식으로든 말이죠. 나는 그걸 기다리고 있었던 겁니다. 결국 이렇게 끝날 수밖에 없었으니까. (……) 하지만 결코 똑같은 삶을 다시 살아서는 안 되는 겁니다. 내 삶은 한 편의 예술 작품과도 같습니다. 예술가는 두 번다시 같은 것을 시작하지 않습니다. 그렇지 않다면, 그는 성공하지 못했다는 얘깁니다. 감옥 이전의 내 삶은 더없는 성공작이었습니다. 하지만 이젠 모두 끝난 얘깁니다."
>
> ─『심연으로부터』, 268~269쪽

그러나 쓸쓸했던 말년의 삶과 그 흔적에도 불구하고 이 책속에서 만나는 오스카 와일드는 무엇보다 "나는 나를 사랑한다!"라고 끊임없이 외치는 나르시시즘의 화신(化身) 같은 인물이다. 요샛말로 가히 '나르시시즘의 끝판왕'이라고 불릴 만하다. "난 정말 굉장했다.", "난 세상에 널리 알려지는 게 지겨워 죽을 지경이다."라고 거침없이 말하던 그가 인터넷과 SNS가 판치는 우리 시대에 살았더라면 이러한 나르시시즘이 과연어떻게 받아들여졌을까? 아마도 "세상이 보잘것없는 작품에

씌우는 월계관"이라며 대중성을 경계했던 와일드가 모든 사람들에게 사랑받고 이해받을 수는 없었을 터다. 아니 어쩌면, 이른바 '안티'를 무수히 양산했을지도 모를 일이다. 그는 지금으로부터 백이십여 년 전에도 이미 그런 자신에 대해 잘 알고 있었고, 세상 사람들이 그를 끊임없이 "오해하리라는 것"또한 잘 알고 있었다. 아니, 그렇게 해 주기를 바라기까지 했다고 해도 과언이 아닐 것이다. 어쩌면 오스카 와일드는 동성애가 아닌, 그의 당당하고도 초지일관한 나르시시즘으로 인해 세인의 질시를 받고 몰락의 길을 걷게 됐다고도 볼 수 있다. 비록 자신의 의지와는 상관없이 일생을 세 가지의 이름(오스카 와일드, 'C.3.3.[1]', 서배스천 멜모스[2])으로 살아야 했지만, 그러는 동안에도 그는 자신에 대한 사랑을 결코 저버린 적이 없다.

오스카 와일드처럼 아일랜드 출신의 극작가이자 소설가인 조지 버나드 쇼는 그에 대해 이런 말을 한 바 있다. "지금까지 어떤 아일랜드 작가도 『심연으로부터』처럼 완벽한 희극을 쓴 적이 없다. 형언할 수 없을 만큼 끔찍하고 처참한 상황에서 쓰였음에도 불구하고 이 작품은 와일드의 다른 어떤 것들보다 나를 웃게 한다. 오스카 와일드는 조금도 달라지지 않았다. 고통, 굶주림, 형벌 그리고 수치심조차도 그를 변하게 하지 못했다." 또한 영국의 풍자화가이자 수필가, 오스카 와일드의 캐리커처를 그리기도 했던 맥스 비어봄은 이런 말을 남겼다. "영광의 좌대에서 추락해 진창에 빠진 오스카 와일드가 완전히 노선을 바꿨을 거라고 생각하는 것만큼 세상에서 있을 법

---

1   수인 번호.
2   출감 후의 가명.

하지 않은 일도 없다. 그런 기적은 결코 일어나지 않는다! 그는 조금도 달라지지 않았다. 그는 여전히 그 자신이다."•

이 책에 실린 흥미로운 에피소드와 그의 말과 글 그리고 국내에 처음 소개되는 그의 인터뷰 기사 들은 '유미주의의 사도'이자 불운한 천재 예술가였던 오스카 와일드의 모습을 다양한 각도에서 볼 수 있게 해 주면서, 우리로 하여금 '자신에 대한 사랑을 통해 세상을 사랑하는 법'을 생각해 보게 한다. 무엇보다 먼저 자신을 사랑하는 것이 타인과 세상을 사랑하기 위한 근본이자 첫걸음이 아닐까. 오스카 와일드가 단지 화려하고 세속적인 명성만을 누렸던 인물이라면, 따라서 세상의 고통과 눈물에 대해 알지 못했던 인물이라면 그의 말과 글이 이처럼 우리 마음속 깊이 와 닿지 않았을지도 모른다. 하지만 그는 『심연으로부터』에서도 밝힌 것처럼, 자신은 "고통을 나눌 자격이 있으며", 따라서 슬픔에 처한 이들과 함께 눈물을 흘릴 자격이 있다고 말했고, 실제로도 그랬다. 스스로 원했던 것은 아니라 할지라도 그는 고통받는 이들을 이해하고 그들의 삶에 공감할 수 있는 '자격'을 갖추었던 것이다.

비단 이처럼 극적인 인생 역정 때문이 아니더라도 오스카 와일드는 그가 남긴 작품들보다 인물 자체로 대중에게 더 큰 사랑을 받는 보기 드문 작가다. 물론 그 '사랑'에는 여러 가지 의미가 포함되어 있을 수 있겠지만 말이다. 그리고 그는 자신이 도외시하고자 했던 대중의 관심에서 결코 벗어날 수 없었고, 그의 신산했던 말년의 삶마저도 그러한 대중성에 크게 기여했다. 롤러코스터 같은 삶을 살았음에도 불구하고 결코 무겁거나 지루하지 않은 경쾌한 놀이와 같은 말과 글로써 진지함을 포장하고 전달할 줄 알았던 오스카 와일드는, "결코 대중적이지 않으면서도 대중적이었던" 아이러니한 인물이자 아름다움의 추구를 삶의 목표로 삼았던 진정한 예술가였다.

　'오스카 와일드의 찬란한 문장들'을 한데 모은 『오스카리아나』, 그리고 '행복한 나르시시스트의 유쾌한 자아 탐구'로 가득한 『와일드가 말하는 오스카』. 이 두 책이 끊임없이 재생산되는 오스카 와일드의 작품들 속에 존재하는 작지만 커다란 공백을 메울 수 있는 귀한 책이자 중요한 자료로 여겨지기를 바란다면, 이 책들을 기획하고 우리말로 옮긴 사람으로서 너무 큰 욕심을 부리는 것일까……?

2016년 한 해의 끝자락에서
박명숙

차례

1   와일드가 말하는
오스카:

내 취향은
아주 단순하다,
난 언제나
최고에 만족한다

1854년 10월 16일, 아일랜드의 더블린에서 태어난 오스카 와일드의 본명은 '오스카 핑걸 오플래허티 윌스 와일드(Oscar Fingal O'Flahertie Wills Wilde)'였다. 하지만 그는 성장하면서 자신에게 주어진 세례명을 한 번에 하나씩 버렸다. 서른 살이 된 와일드는 그 이유를 묻는 한 친구에게 이렇게 대답했다.

"내 이름에는 두 개의 O, 두 개의 F, 두 개의 W가 있어. 많은 사람들의 입에 오르내릴 이름이라면 너무 길어선 안 돼. 광고할 때도 비용이 많이 들거든. 보통 사람에게는 세례명이 유용하거나 필요할 때가 있지. 하지만 나처럼 유명해지려는 사람은 이름에서 몇 개를 버려야만 해. 열기구를 타는 사람이 높이 올라가기 위해 불필요한 바닥짐을 버리듯이…… 그래서 난 내 이름 다섯 개 중에서 두 개(오스카 와일드)만 남겨 두고 나머지는 기구 밖으로 던져 버렸어. 머지않아 나머지 하나도 마저 버리고 난 '더 와일드'나 '더 오스카'로만 불리게 될 거야."

"My name has two O's, two F's, and two W's. A name which is destined to be in everybody's mouth must not be too long. It comes so expensive in the advertisements. When one is unknown, a number of christian names are useful, perhaps needful. As one becomes famous, one sheds some of them, just as a balloonist, when rising higher, sheds unnecessary ballast······ All but two of my five names have already been thrown overboard. Soon I shall discard another and be known simply as 'The Wilde' or 'The Oscar.'"

난 절대 옥스퍼드의 고리타분한 교수가 되지는 않을 거야. 나는 시인, 작가, 극작가가 될 거야. 어떤 식으로든 유명해질 거라고. 만약 유명해질 수 없다면 악명이라도 떨치고 말 거야.

I won't be a dried-up Oxford don, anyhow. I'll be a poet, a writer, a dramatist. Somehow or other, I'll be famous, and if not famous, notorious.

다음은 옥스퍼드 대학교에 재학 중이던 오스카 와일드가 자기 기

숙사 방의 벽난로 위에 놓인 블루 차이나를 두고 했던 말로, 이 일화는 옥스퍼드 대학교의 재학생들뿐만 아니라 당시 영국인들 사이에 널리 회자되며 많은 이들의 경탄을 자아냈다.

블루 차이나의 수준에 맞춰 사는 게 날이 갈수록 힘들어진다.

I find it harder and harder every day to live up to my blue china.

난 당신과 견해가 다를 수 있습니다. 하지만 난 당신 자신을 조롱거리로 만들 수 있는 그 권리를 옹호하기 위해 힘껏 노력할 겁니다.

I may not agree with you, but I will defend to the death your right to make an ass of yourself.

사람들이 길거리에서 섹스를 하거나 말들을 놀라게 하지만 않는다면, 난 타인의 성생활에는 아무런 이의도 제기하지 않을 것이다.

I have no objection to anyone's sex life as long as they don't practice it in the street and frighten the horses.

나는 애정 문제만 빼면 결코 변하지 않는다.

I never change, except in my affections.

당신을 못 알아봐서 미안합니다. 제가 많이 변했거든요.

I beg your pardon I didn't recognize you — I've changed a lot.

나는 내 영혼과 육체를 분리하기 위해 술을 마신다.

I drink to separate my body from my soul.

오늘 밤엔 나 자신으로 사는 게 피곤하다. 난 다른 누군가이고 싶다.

I am tired of myself to-night. I should like to be somebody else.

좋은 세평(世評)과 명성을 얻고 생전에 성공하고 싶다면, 당신 자신을 알릴 수 있는 모든 기회를 포착해야 한다. "명성은 자신의 집으로부터 비롯된다."라는 라틴 속담을 기억하기를.

If you wish for reputation and fame in the world and success during your lifetime, you are right to take every opportunity of advertising yourself, you remember the Latin saying, Fame springs from one's own house.

나는 우리 모두가 비행을 저질러야 한다고 말하려는 게 아니다. 그러나 우리는 그럴 수 있을 것처럼 보여야 한다.

I don't say we all ought to misbehave. But we ought to look as if we could.

난 때때로 다소 과한 옷차림을 할 때면 언제나 과도할 정도로 넘치게 받은 교육으로 그것을 상쇄한다.

If I am occasionally a little over-dressed, I make up for it by being always immensely over-educated.

나는 믿을 수 없는 것이라면 뭐든지 믿을 수 있다.

I can believe anything provided it is incredible.

나는 전혀 냉소적인 사람이 아니다. 단지 경험이 많을 뿐이다.
사실 그게 그거이기는 하지만.

I am not at all cynical, I have merely got
experience, which, however, is very much the
same thing.

성서가 끼친 모든 해악을 생각할 때마다, 그것에 필적할 만한
어떤 것도 써낼 수 없으리라는 절망감에 사로잡히곤 한다.

When I think of all the harm [the Bible] has
done, I despair of ever writing anything to
equal it.

나는 단지 생계만을 위한 것이 아닌, 진정한 삶을 살고 싶다.

I don't want to earn my living, I want to live.

나는 선한 사람이 되고 싶다. 난 내 영혼이 추악하다는 생각을
견딜 수가 없다.

I want to be good. I can't bear the idea of my
soul being hideous.

스포츠를 어떻게 생각하느냐는 질문을 받은 오스카 와일드는
이렇게 대답했다. "특별한 복장을 요구하는 것이라면 어떤 활
동이든 괜찮다고 생각합니다."

> When asked what he thought of sports, Oscar
> Wilde replied, "I approve of any activity that
> requires the wearing of special clothing."

대부분의 현대 달력들은 지나가는 하루하루가 전혀 흥미롭지
않은 어떤 사건의 기념일이라는 점을 우리에게 상기시킴으로
써 우리 삶의 달콤한 단순함을 망쳐 버린다.

> Most modern calendars mar the sweet
> simplicity of our lives by reminding us that
> each day that passes is the anniversary of some
> perfectly uninteresting event.

천재는 타고나는 것이지 돈으로 살 수 있는 게 아니다.

> Genius is born, not paid.

내 책의 출간은 크리스마스 이후가 좋을 것 같습니다. 난 크리
스마스 선물로는 적합하지 않아서 말이죠.

I think after Christmas would be better for
publication: I am hardly a Christmas present.

책이 너무 따분하다. 지금으로서는 정교한 무언가가 전혀 느
껴지지 않는다. 다음번에 내 책을 출간할 때에는 다음과 같은
방식으로 좀 더 만족스러운 어떤 예들을 보여 줄 수 있으면 좋
겠다. 글자는 희귀한 디자인을 사용하고, 콤마는 해바라기로,
세미콜론은 석류로 나타내는 식으로 말이다.

Printing is so dull. There is nothing exquisite
about it at present. In my next publication I am
hoping to give examples of something more
satisfying in this way. The letters shall be of a
rare design; the commas will be sunflowers,
and the semicolons pomegranates.

나는 비정상적인 한 가지 미덕보다 비정상적인 오십 가지 악
덕을 지니는 편을 택할 것이다. 고통받는 사람들로 하여금 이
세상을 때 이른 지옥으로 느끼게 하는 건 비정상적인 미덕이
기 때문이다.

I would sooner have fifty unnatural vices than
one unnatural virtue. It is unnatural virtue that

makes the world, for those who suffer, such a premature Hell.

그는 내 책들밖에는 읽지 않는 듯하며, 그의 한 가지 바람은 "나를 따르는 것"이라고 한다! 하지만 난 그에게, 그랬다가는 무시무시한 곳으로 가게 되리라고 말해 주었다.

He seems to read nothing but my books, and says his one desire is to 'follow in my footsteps'! But I have told him that they lead to terrible places.

나는 여행할 때마다 일기장을 꼭 가지고 다닌다. 기차에서는 늘 자극적인 읽을거리가 필요하기 때문이다.

I never travel without my diary. One should always have something sensational to read in the train.

사람들에 대한 내 첫인상은 언제나 옳다.

My first impressions of people are invariably right.

돈이 사람을 행복하게 해 주진 않는다. 지금 내겐 5000만 불이 있지만, 4800만 불을 가졌을 때만큼만 행복하다.

Money doesn't make you happy. I now have $50 million but I was just as happy when I had $48 million.

나는 논평해야 하는 책은 절대 읽지 않는다. 읽다 보면 선입견이 생기기 때문이다.

I never read a book I must review; it prejudices you so.

나는 영원히 아름다운 모든 걸 질투한다.

I am jealous of everything whose beauty does not die.

천재들은 모두 미친 사람들이라는 노르다우 박사의 주장에는 전적으로 동의하는 바다. 하지만 노르다우 박사는 온전한 정신을 가진 사람들이 하나같이 멍청하다는 사실을 잊고 있다.

I quite agree with Dr. Nordau's assertion that

all men of genius are insane, but Dr. Nordau
forgets that all sane people are idiots.

내 인생의 가장 큰 비극이 뭔지 아시오? 그건, 내 삶에 나의 모든 천재성을 쏟아부었고, 내 작품에는 내 재능만을 투영했을 뿐이라는 사실이라오.

Would you like to know the great drama of my
life? It is that I have put my genius into my life.
I have put only my talent into my works.

도덕은 내게 아무런 도움도 되지 못한다. 나는 타고난 도덕률 폐기론자이며, 법이 아닌 예외를 위해 태어난 사람들 중 하나이기 때문이다.

Morality does not help me. I am a born
antinomian. I am one of those who are made
for exceptions, not for laws.

신들은 내게 거의 모든 것을 주었다. 천재적인 재능과 저명한 이름, 높은 사회적 지위와 빛나는 재기, 지적인 대담함…… 이 모든 것을. 나는 예술을 철학으로 변모시켰고, 철학을 예술로 변화시켰다. 또한 사람들의 마음과 사물들의 색깔을 바꿔 놓았다. 나의 말과 행동 중 어느 하나도 사람들을 놀라게 하지 않은 것은 없었다. (……) 나는 또한 예술을 지고한 현실로, 삶을 단지 허구의 한 방식으로 다루었다. 그리고 우리 세기의 상상력을 일깨워, 내 주위에 신화와 전설이 생겨나게 했다. 나는 모든 체계를 한 문장으로 요약하고, 모든 존재를 하나의 경구 속에 담아냈다.

> The gods had given me almost everything. I had genius, a distinguished name, high social position, brilliancy, intellectual daring: I made art a philosophy, and philosophy an art: I altered the minds of men and the colours of things: there was nothing I said or did that did not make people wonder. (……) I treated Art as the supreme reality, and life as a mere mode of fiction: I awoke the imagination of my century so that it created myth and legend around me: I summed up all systems in a phrase, and all existence in an epigram.

가끔 예술적인 삶이 아름답고 기나긴 자살 행위라는 생각이 들 때가 있다. 그리고 난 그런 사실을 유감스럽게 생각하지 않는다.

> Sometimes I think that the artistic life is a long

and lovely suicide, and am not sorry that it is so.

내가 글을 쓰는 이유는 글을 쓰는 것이 내게 무엇보다 큰 예술적 기쁨을 주기 때문이다. 소수의 사람들만이 내 글을 좋아한다고 해도 나는 만족할 것이다. 그렇지 않더라도 난 조금도 마음 아프지 않을 것이다. 군중에 관해 말하자면, 나는 대중 소설가가 되고 싶은 마음이 전혀 없다. 그건 너무 쉽기 때문이다.

I write because it gives me the greatest possible artistic pleasure to write. If my work pleases the few, I am gratified. If it does not, it causes me no pain. As for the mob, I have no desire to be a popular novelist. It is far too easy.

나는 진심으로 이런 소설들이 좀 더 출간되기를 희망합니다. 그래야 하찮은 책은 1실링도 엄청 비싸다는 것을 사람들이 알게 될 테니까요.

We sincerely hope that a few more novels like these will be published, as the public will then find out that a bad book is very dear at a shilling.

애서가들이 대다수 고전 작가들의 초판을 탐낸다면, 진정한 희귀본은 내 책들의 재판(再版)이다. 심지어 영국 박물관조차도 그것들의 대부분을 확보할 수 없었다.

> While the first editions of most classical authors are those coveted by bibliophiles, it is the second editions of my books that are the true rarities, and even the British museum has not been able to secure copies of most of them.

누군가가 와일드에게 모든 시대를 초월한 명작 백 권을 소개해 달라고 요청했다. "그럴 수 없을 것 같은데요." 그가 대답했다. 그 이유를 묻자 와일드는 이렇게 대답했다. "난 아직 다섯 권밖에 쓰지 않았거든요."

> Wilde was asked to name the one hundred best all-time books. "I fear that would be impossible", he responded. And why was that? "Because I have written only five."

찰스 길: 이 멋진 선물들을, 이 젊은이들 모두에게 준 건가요?

와일드: 미안하지만 그건 사실과 다릅니다. 난 그들 중 두세 명에게 담배 케이스를 준 것뿐입니다. 그런 부류의 청년들은 담배를 많이 피우죠. 나는 내 지인들에게 담배 케이스를 선물

모든 시대를 초월한 명작 백 권을
소개해 줄 수 없을 것 같은데요.
난 아직 다섯 권밖에 쓰지 않았거든요.

하는 것을 무척 좋아합니다.

길: 무분별하게 빠져든다면 상당히 비싸게 먹힐 수 있는 습관이군요, 안 그런가요?

와일드: 숙녀들에게 보석이 박힌 가터벨트를 선물하는 것보다는 돈이 훨씬 덜 들죠!

CHARLES GILL: You made handsome presents to all these young fellows?

WILDE: Pardon me, I differ. I gave two or three of them a cigarette case. Boys of that class smoke a good deal of cigarettes. I have a weakness for presenting my acquaintances with cigarette cases.

GILL: Rather an expensive habit if indulged in indiscriminately, isn't it.

WILDE: Less extravagant than giving jeweled garters to ladies!

내 취향은 아주 단순하다. 난 언제나 최고에 만족한다.

I have the simplest tastes. I am always satisfied with the best.

내가 지은 죄들을 모두 털어놓으면 신이 지루해 죽을지도 모

른다.

God would grow weary if I told my sins.

나는 오직 어리석은 자들만이 진지하게 받아들여지는 시대에 우리가 태어났다는 걸 너무나 잘 안다. 그래서 난 오해받지 못하면 어쩌나 하는 두려움 속에서 살고 있다.

I am but too conscious of the fact that we are born in an age when only the dull are treated seriously, and I live in terror of not being misunderstood.

천재적인 사람을 위해 절대 해서는 안 되는 일은 그를 돕는 것이다. 그런 행위는 그를 파멸시킬 수도 있기 때문이다. 내게는 헌신적인 조력자들이 여럿 있었다. 그리고 그 결과는 당신이 아는 대로다.

The worst thing you can do for a person of genius is to help him: that way lies his destruction. I have had many devoted helpers- and you see the result.

나와 삶 사이에는 언제나 말들의 안개가 끼어 있다. 난 하나의 문장을 만들기 위해 창밖으로 개연성을 던져 버린다. 하나의 경구를 만들 수만 있다면 난 기꺼이 진실을 저버릴 수 있다.

Between me and life there is a mist of words always. I throw probability out of the window for the sake of a phrase, and the chance of an epigram makes me desert the truth.

나는 원칙을 좋아하지 않는다. 난 편견을 더 좋아한다.

I don't like principles. I prefer prejudices.

좋은 평판이라는 것은 내가 한 번도 개의치 않았던 귀찮은 일들 중 하나다.

A good reputation is one of the many annoyances to which I have never been subjected.

나는 아주 모범적인 삶을 살고 있다. 그런 삶은 나와 합의를 이룰 수 없다.

I am leading a very good life, and it does not agree with me.

내가 만약 어떤 무인도에 홀로 버려졌고 생필품이 마련돼 있다면, 나는 매일 저녁마다 식사를 위한 의복을 갖춰 입을 것이다.

If I were all alone, marooned on some desert island and had my things with me, I should dress for dinner every evening.

칭찬은 나를 겸손해지게 하지만, 내 이름이 남용될 때 난 성공했음을 알게 된다.

Praise makes me humble, but when I am abused I know I have touched the stars.

나는 나보다 젊은 사람들을 제외한 그 누구에게서도 무언가를 배운 적이 한 번도 없다.

I have never learned anything except from people younger than myself.

나는 천성과 선택에 의해 엄청나게 게으르다.

By nature and by choice, I am extremely indolent.

난 내가 해야만 하는 일을 하지 않고 있다. 새하얀 종이 위에 검은 점을 찍는 것, 그것이 내가 해야 할 일이다 ── 새하얀 종이 위에 검은 점을 찍는 것.

I am not doing what I ought to do; I ought to be putting black upon white ── black upon white.

부단히 글을 쓰세요, 그럴 필요가 없을 때일수록 더더욱.

Pray write constantly, especially when there is no necessity to do so.

나는 다른 누군가를 위해 희곡을 쓴 적이 없다. 난 스스로 즐기기 위해 희곡을 쓴다. 그런 다음, 사람들이 그 속에서 연기하기를 원하면 때때로 그렇게 하라고 허락한다.

I never write plays for anyone. I write plays to

amuse myself. After, if people want to act in them, I sometimes allow them to do so.

와일드가 옥스퍼드 대학교에 지원했을 당시, 지원자들은 그리스어 성서의 구절들을 큰 소리로 번역해야 했다. 예수의 수난에 관한 구절을 할당받은 와일드는 일사천리로 번역해 나갔다. 시험관들은 이제 그만해도 된다고 했지만, 그는 번역을 계속했다. 마침내 시험관들이 더블린 출신의 청년을 멈추게 했을 때 그는 이렇게 말했다. "그냥 계속하게 해 주세요. 이야기가 어떻게 끝날지 궁금하거든요."

In Wilde's time, Oxford applicants had to translate biblical passages aloud from Greek. Assigned one dealing with the Passion, Wilde began translating with ease. His examiners said he could stop. Wilde continued. When the examiners finally got the young Dubliner to pause, he said, "Oh, do let me go on. I want to see how it ends."

내가 누구냐고요? (누구에게나 정말 대답하기 어려운 질문이죠!) 난, 어쨌든 당신의 친구입니다.

Who are you? (what a difficult question for any

one of us to answer!) I, at any rate, am your
friend.

세상 사람들의 눈에는 내가 한낱 딜레탕트이자 댄디로
만 ─ 자신의 속내를 세상에 드러내 보이는 건 현명한 일이
아니다. ─ 보일 것이다. 하지만 난 의도적으로 그리한 것이
다. 진지한 태도가 어리석음을 감추기 위한 것이듯, 통속성과
무심함 그리고 데면데면함이 절묘하게 공존하는 엉뚱한 언행
은 현명한 사람이 입어야 하는 의복과도 같다.

To the world I seem, by intention on my part,
a dilettante and dandy merely ─ it is not wise
to show one's heart to the world ─ and as
seriousness of manner is the disguise of the
fool, folly in its exquisite modes of triviality and
indifference and lack of care is the robe of the
wise man.

나는 시대를 잘못 타고난 그리스인이다.

I am a Greek born out of due time.

그리스인이 되려면 옷을 입지 말아야 한다. 중세 사람이 되려

면 육체가 없어야 한다. 현대인이 되려면 영혼을 버려야 한다.

> To be Greek one should have no clothes: to
> be medieval one should have no body: to be
> modern one should have no soul.

나는 나 자신 말고는 그 누구도 열렬히 좋아해 본 적이 없다.

> I have never given adoration to anybody
> except myself.

나는 나 자신에게 수수께끼 같은 존재다. 세상에서 속속들이
알고 싶은 사람은 나 자신밖엔 없다.

> I am a mystery to myself. I am the only person
> in the world I should like to know thoroughly.

나는 칭찬이 좋다. 난 사람들에게 존중받는 게 좋다.

> I am fond of praise. I like to be made much of.

나를 잘 알지 못하는 사람의 찬사는, 어떤 적의 욕설만큼이나

모욕적이다.

The praise of the man who can't understand
me is quite as injurious as the abuse of any
enemy can be.

와일드는 준비를 했든 하지 않았든, 언제 어떤 주제(subject)
에 관해서든 토론할 수 있다고 주장했다. 그와 동석했던 누군
가가 이런 주장에 의문을 제기하며, 여왕이라는 주제에 대한
그의 견해를 듣고 싶다고 말했다. 와일드의 대답은 이러했다.
"여왕은 신하(subject)가 아닙니다."

Wilde claimed that he could discuss any subject
at any time, prepared or not. Taking him up
on this claim, a companion asked for his views
on the subject of the queen. Responded Wilde:
"The queen is not a subject."

저는 아침 내내 제가 쓴 시의 교정쇄를 검토했습니다. 그리고
쉼표 하나를 뺐지요. 오후에는 무엇을 했느냐고요? 흠, 뺐던
쉼표를 도로 넣었지요.

I was working on a proof of one of my poems
all the morning, and took out a comma. In the

여왕이라는 주제(subject)에 대해선 토론할 수 없어요.
여왕은 신하(subject)가 아니니까요.

afternoon? Well, I put it back again.

나는 글쓰기를 현실로 여긴 적이 한 번도 없다. 내게 글쓰기는 현실에서 벗어나는 방식이다.

Work never seems to me a reality, but a way of getting rid of reality.

(우리에게는) 두 종류의 세상이 있습니다. 하나는, 이미 존재하기 때문에 결코 이야기되지 않는 세상입니다. 우리는 그것을 현실 세계라고 부르죠. 애써 이야기하지 않아도 볼 수 있는 세상 말입니다. 다른 하나는, 예술 세계입니다. 우리가 이야기해야 하는 건 바로 그것입니다. 이야기 바깥에서는 존재할 수 없는 세상이기 때문입니다.

(······) there are two worlds — the one exists and is never talked about; it is called the real world because there is no need to talk about it in order to see it. The other is the world of Art; one must talk about that, because otherwise it would not exist.

"하루 중 언제가 글쓰기에 가장 좋다고 생각하시나요?"

"특별히 좋은 시간이라는 건 없습니다. 때로는 시를 쓰기에 적절한 기분이 들 때까지 기다리기도 합니다. 어떤 때는 완전한 문장이나 행(行) 속에서 내 생각을 표현하기에 알맞은 단어를 발견하는 데 수주일이 걸리기도 하고요. 가끔은 전혀 기대하지 않았던 순간에 문득 어떤 주제가 떠오르기도 합니다. 가령 친구들과 함께 있을 때나 여행 중에, 또는 사람들이 붐비는 거리를 걷다가 그러기도 합니다."

"At what hour of the day do you find it most convenient to write?"

"At no particular hour. In writing a verse I sometimes wait for the exact mood, and it takes weeks at times before I get the right word to express my thought in the completion of a sentence or a line. Sometimes a subject is presented to me when I least expect it, perhaps in a company of friends, perhaps traveling, or in a crowded street."

영국식 산문을 쓰는 법을 익히기 위해 나는 프랑스식 산문을 연구했다. 당신이 그 점을 알아본다면 난 기쁠 것이다. 그 사실은 곧 내가 성공했음을 말해 주는 것이기 때문이다. 아무도 그걸 알아주지 않아도, 난 마찬가지로 기쁠 것이다. 그 사실 또한 내가 성공했음을 말해 주는 것이기 때문이다.

To learn how to write English prose I have studied the prose of France. I am charmed that you recognize it: that shows I have succeeded. I am also charmed that no one else does: that shows I have succeeded also.

나는 절대 책을 처음부터 읽지 않는다. 소설의 경우에는 특히 더 그렇다. 그건 책들의 통상적인 서두가 결코 불러일으키지 못하는 호기심을 자극할 수 있는 유일한 방법이다. 당신도 길 거리에서 어떤 대화의 끝부분을 우연히 엿듣고 그 이야기에 대해 더 알고 싶었던 적이 있지 않은가? 마찬가지로 당신이 읽으려는 책들의 내용을 그런 식으로 엿본다면, 당신은 책 속 의 인물들에게 흥미를 느끼자마자 다시 첫 장으로 돌아가 자 연스럽게 마지막 장까지 읽게 될 것이다.

I never read from the beginning, especially with novels. It is the only way to stimulate the curiosity that books, with their regular openings, always fail to rouse. Have you ever overheard a conversation in the street, caught the fag end of it, and wished you might know more? If you overhear your books in that way, you will go back to the first chapter, and on to the last naturally, as soon as the characters bite.

난 예전에도 똑같은 말을 했을 수 있다. 하지만 장담하건대 그에 대한 내 설명은 언제나 다를 것이다.

I may have said the same thing before. But my explanation, I am sure, will always be different.

내 일은 언제나 따분하기 짝이 없다. 난 남의 일이 더 재미있다.

My own business always bores me to death. I prefer other people's.

난 항상 나에 대해 생각한다. 그리고 다른 사람들도 그렇게 해 주기를 바란다.

I am always thinking about myself, and I expect everybody else to do the same.

나는 그의 곁에 앉아 그의 삶에서 빌려 온 구절들을 읽어 주었다. 그는 내 얘기를 듣고 깜짝 놀랐다. 우리는 모두 다른 누군가의 일기를 써야만 한다. 난 때때로 당신이 내 일기를 쓰는 건 아닌지 의문스럽다.

I sit by his side and read him passages from his

own life. They fill him with surprise. Everyone
should keep someone else's diary; I sometimes
suspect you of keeping mine.

참으로 이상하게도 자만심은 성공한 사람에겐 커다란 도움이
되지만, 실패한 사람에게는 독이 되기도 한다. 지난날 내가 가
졌던 힘의 절반은 내 자만심에서 비롯됐다.

It is curious how vanity helps the successful
man, and wrecks the failure. In old days half of
my strength was my vanity.

1882년 미국에서 순회강연을 하기 위해 런던을 떠나기 전, 와
일드는 한 친구로부터 웅변술 교습을 받았다. "자연스러운 스
타일이면 좋겠어." 와일드는 자신의 선생에게 말했다. "허세
를 약간 곁들여서 말이지." ─ "그런 거라면", 그의 선생이 대
꾸했다. "따로 배울 필요가 있을까, 오스카?"

Before leaving London for his 1882 lecture tour
of America, Wilde took elocution lessons from
a friend. "I want a natural style," Wilde told his
teacher, "with a touch of affectation." ─ "Well,"
said the teacher, "and haven't you got that,
Oscar?"

(미국에 도착해) 입국 신고 서류를 써야 했을 때, 난 나이를 열아홉 살로, 직업을 천재라고 적어 넣었다. 그리고 나의 천재성 말고는 아무것도 신고할 게 없다고 덧붙였다.

When I had to fill in the immigration papers, I gave my age as 19, and my profession as genius; I added that I had nothing to declare except my genius.

《펀치》가 와일드와 제임스 휘슬러 사이에 오간, 여배우들에 관한 흥미로운 대화를 발표했다. 당시 두 사람은 절친한 친구 사이였다. 잡지에 실린 기사를 보고 와일드가 휘슬러에게 전보를 보냈다. "《펀치》의 장난이 심하군. 자네와 내가 함께 있을 때, 우린 우리 얘기 말고는 어떤 이야기도 하지 않는데 말이야." ─ 휘슬러가 회답 전보를 보냈다. "아니, 그게 아니지, 오스카. 기억력이 나쁜 것 같군. 자네와 내가 함께 있을 때 우린 내 얘기 말고는 다른 얘기를 한 적이 없잖나." ─ 이에 와일드는 이렇게 회신한 것으로 전해진다. "그건 사실이야, 지미. 우린 자네 얘기를 했지, 하지만 난 내 생각을 하고 있었다네."

Punch published a fanciful conversation about actresses between Wilde and James Whistler, who at the time were best of friends. In response, Wilde wired Whistler, "*Punch* too ridiculous. When you and I are together we never talk about anything except *ourselves.*" — Whistler wired back, "No, no, Oscar, you forget. When you and I are together, we never talk about anything except *me.*" — "It is true, Jimmy," Wilde is said to have responded, "we were talking about you, but I was thinking of myself."

누군가가 와일드에게 극 비평가들은 모두 매수할 수 있다고 넌지시 일러 주었다. 와일드는 이렇게 대꾸했다. "외모로 봤을 때 비싸 보이는 사람은 별로 없는 것 같군요." 이 발언은 훗날『도리언 그레이의 초상』에도 등장했다.

Someone suggested to Wilde that all dramatic critics could be bought. "Judging from their appearance, most of them cannot be at all expensive," he responded. This remark later showed up in *The Picture of Dorian Gray*.

나는 내 첫 번째 장편 소설『도리언 그레이의 초상』을 막 끝내고 진이 빠져 있다. 이 소설이 나 자신의 삶을 많이 닮은 건 아닌지 두려운 생각이 든다. 대화만 있고 행동이 없는 내 삶을. 나는 행동을 묘사하는 게 힘들다. 내 인물들은 의자에 앉아서 이야기만 한다.

I have just finished my first long story(*The Picture of Dorian Gray*), and am tired out. I am afraid it is rather like my own life — all conversation and no action. I can't describe action: my people sit in chairs and chatter.

내 시에 대한 협상이 마냥 늘어지고 있소. 아직 아무런 제안도 없고, 따라서 돈도 들어오지 않았소. 그런데도 난 동화 속에 나오는 금으로 된 궁전을 허공에 짓고 있다오. 우리 켈트족들은 언제나 이런 식이라오.

The negotiations over my poem still drag on: as yet no offer, and no money in consequence. Still I keep on building castles of fairy gold in the air: we Celts always do.

몇 가지 점에 있어서 견해를 달리할 수 없다면 난 어느 누구의 강연도 즐기지 못할 것이다.

I would not enjoy anybody else's lectures unless in a few points I disagreed with them.

난 당신이 나에 관해 잘못된 정보를 전달해 주기를 기대합니다.

I rely on you to misrepresent me.

밤에 내 단점들이 생각날 때마다 난 즉시 자러 간다.

Whenever I think of my bad qualities at night, I go to sleep at once.

나는 사람들이 나에 대해 무슨 이야기를 하는지 궁금하다. 이야기의 상대가 아니라 화제의 주인공이 되는 건 기분 좋은 일이다.

I like to know how I am spoken of. To be spoken of, and not to be spoken to, is delightful.

카페 루아얄에서 열린 모임에서 프랭크 해리스는 자기가 여러 런던 가정에 초대됐었음을 자랑했다. "그래, 물론 그랬겠지, 프랭크." 와일드가 덧붙여 말했다. "자넨 런던의 모든 집들로부터 식사 초대를 받았지, 딱 한 번씩만 말이지."

During a Café Royal gathering, Frank Harris boasted of the many London homes to which he'd been invited. "Yes, dear Frank, we believe you," observed Wilde. "You have dined in every house in London, *once*."

슬픈 일이다. 세상 사람들의 절반은 신을 믿지 않는다. 그리고 또 다른 반은 나를 믿지 않는다.

It is sad. One half of the world does not believe in God, and the other half does not believe in me.

내 말에 동의한다는 말일랑 절대 하지 말아 주게. 나는 사람들이 내 말에 동의한다고 할 때마다 내 생각이 잘못된 게 아닌가 하는 생각이 들거든.

Don't say that you agree with me. When people agree with me I always feel that I must be wrong.

나는 내가 말하는 걸 듣는 게 좋다. 그건 나의 가장 큰 기쁨 중 하나다. 난 종종 나 자신과 긴 대화를 하곤 하는데, 내가 너무 똑똑하다 보니 가끔씩 내가 하는 말을 한마디도 이해하지 못할 때도 있다.

I like hearing myself talk. It is one of
my greatest pleasures. I often have long
conversations with myself, and I am so clever
that sometimes I don't understand a single
word of what I am saying.

그건 나에 관한 이야기인가요? 그렇다면 기꺼이 듣지요. 난
지어낸 이야기를 엄청 좋아하거든요.

Is the story about me? If so, I will listen to it, for
I am extremely fond of fiction.

와일드는 한 연회에 늦게 온 누군가를 다음과 같은 말로 맞이
했다. "오, 와 주셔서 정말 기쁩니다. 당신에게 말하고 싶지 않
은 게 굉장히 많거든요."

Wilde greeted a late arrival to a reception with
the words. "Oh, I'm so glad you've come. There
are a hundred things I want not to say to you."

당신은 내가 어떻게 지내는지 왜 묻지 않나요? 난 사람들이
내게 잘 지내는지 물어봐 주는 게 좋거든요. 많은 사람들이 내

건강에 관심을 갖고 있다는 걸 알게 해 주니까요.

Why don't you ask me how I am? I like people to ask me how I am. It shows a widespread interest in my health.

나는 내가 해답이 없는 문제였다고 생각한다. 오직 돈만이 그런 나를 도울 수 있었을 것이다. 돈이 문제를 해결해 주지는 못하더라도, 최소한 어려움을 해결해야 하는 일을 모면하게 해 줄 수는 있을 테니까.

I think I was a problem for which there was no solution. Money alone could have helped me, not to solve, but to avoid solving the difficulty.

내 삶에는 비극과 희극이 다양하게 섞여 있어서 난 이제 그 차이점을 알지 못한다.

Tragedy and comedy are so mixed in my life now that I lose the sense of difference.

난 행운 때문에 머리가 돌아서, 내가 원하는 것이라면 무엇이든 할 수 있을 거라고 생각했다.

Fortune had so turned my head that I fancied I could do whatever I chose.

물론 나는 표절을 한다. 표절은 심미안을 지닌 사람만이 누릴 수 있는 특권이다. 난 플로베르의 『성 앙투안의 유혹』을 읽을 때마다 그 끝에 내 이름을 적어 넣는다.

Of course I plagiarize. It is the privilege of the appreciative man. I never read Flaubert's *Tentation de St. Antoine* without signing my name to the end of it.

언젠가 어느 여성이 와일드에게, 그의 한 연극에서 나오는 주요 에피소드가 오귀스탱 외젠 스크리브가 쓴 극의 한 장면을 연상시킨다고 말했다. "거기서 통째로 빌려 온 겁니다, 부인." 와일드는 그 사실을 인정했다. "그러지 못할 이유가 있나요? 요즘 그런 걸 읽는 사람은 아무도 없거든요."

A woman once told Wilde that a key episode in one of his plays reminded her of a scene in one written by Augustin-Eugène Scribe. "Taken bodily from it, dear lady," admitted Wilde. "Why not? Nobody reads nowadays."

오스카 와일드: 난 자네를 언제나 내 연극의 가장 훌륭한 비평가로 생각할 거야.

허버트 비어봄 트리: 하지만 난 자네 연극을 비평한 적이 없는데.

오스카 와일드: 내 말이 그 말이야.

OSCAR WILDE: I shall always regard you as the best critic of my plays.

HERBERT BEERBOHM TREE: But I have never criticized your plays.

OSCAR WILDE: That's why.

밑바닥부터 시작해야 한다는 이야기를 들은 한 젊은이에게 와일드는 이렇게 충고했다. "아뇨, 정상에서 시작해서 그곳에 머무세요."

Wilde's advice, to a youth who had been told that he must begin at the bottom, was — "No, begin at the top and sit upon it."

"오, 그는 가끔씩 '술 휴일'을 즐긴답니다."

"Oh, he occasionally takes an alcoholiday."

정상에서 시작해서 그곳에 머무세요.

사람들한테 본보기가 되는 데에 신경 쓰는 걸 보니 나도 이제 조금은 너무 늙은 것 같다. 하지만 난 그렇게 하는 사람들을 언제나 존경해 왔다.

I am a little too old now, myself, to trouble about setting a good example, but I always admire people who do.

와일드에게 아름다움은 종교와도 같았다. 그는 언젠가 자신이 못생겼다는 사실에 자부심을 느끼는 한 여성을 소개받았다. 그녀는 와일드에게 이렇게 물었다. "있잖아요, 남자들은 내가 파리에서 제일 못생긴 여자라고 생각하지 않을까요?" 와일드는 정중하게 고개를 숙이고는 이렇게 대답했다. "아뇨, 부인, 전 세계에서요." 훗날 그는 여자에게 진실을 말함으로써 그녀를 기쁘게 한 적이 딱 한 번 있었노라고 얘기했다.

To Wilde, Beauty was a Religion. He was once introduced to a woman who took pride in her ugliness. She asked him, "Tell me, don't men think I am the ugliest woman in Paris?" Wilde bowed courteously and replied, "No, madam, in all the world." He said later that for once he was able to please a woman by telling her the truth.

와일드는 언제나 어김없이 시간을 안 지키는 것으로 유명했다. 한 번은 오찬 파티에 늦은 그를 나무라는 안주인에게 이렇게 대꾸했다고 한다.

"하지만 부인, 저 조그만 시계가 위대한 금빛 태양이 하는 일을 어떻게 알 수 있겠습니까?"

> "And how, Madam, can that little clock know what the great golden sun is doing?"

여자: 오늘은 날씨가 정말 궂네요.
오스카 와일드: 네, 하지만 눈이 없었다면 우리가 어떻게 영혼의 불멸성을 믿을 수 있었겠습니까?
여자: 정말 흥미로운 질문이네요, 미스터 와일드! 그런데 정확히 무슨 뜻인지 설명해 주실 수 있나요?
오스카 와일드: 그건 나도 모릅니다.

> WOMAN: What terrible weather we're having.
> OSCAR WILDE: Yes, but if it wasn't for the snow, how could we believe in the immortality of the soul?
> WOMAN: What an interesting question, Mr. Wilde! But tell me exactly what you mean.
> OSCAR WILDE: I haven't the slightest idea.

루이스 모리스 경: 아무래도 나를 둘러싸고 무슨 음모가 진행되고 있는 것 같소, 침묵의 음모 말이오. (언론이 거부한 자신의 책들을 바라본다.) 하지만 뭘 어찌할 수 있겠소? 난 어쩌면 좋겠소?
오스카 와일드: 음모에 가담하십시오.

SIR LEWIS MORRIS: There's a conspiracy against me, a conspiracy of silence(regarding his books being boycotted by the press); but what can one do? What should I do?
OSCAR WILDE: Join it.

가장 참기 힘든 건 친구의 행운이라는 주장을 뒷받침하기 위해 와일드는 아서 코난 도일에게 다음과 같은 이야기를 들려주었다.

어느 날 악마가 리비아 사막을 가로지르던 중에 작은 악마들이 한 독실한 은자를 괴롭히고 있는 곳에 이르렀다. 그 성인은 그들의 사악한 제안들을 어렵지 않게 뿌리쳤다. 악마는 작은 악마들의 실패를 지켜보다가 마침내 그들에게 한 수 가르쳐 주고자 직접 나섰다. "그대들은 너무 미숙한 방법을 쓰고 있군." 악마가 말했다. "내가 하는 걸 잘 보라고." 그러면서 악마는 독실한 은자의 귀에 대고 속삭였다. "얼마 전 그대의 형제가 알렉산드리아의 주교로 임명되었소." 그러자 은자의 평온했던 얼굴이 즉시 악의에 찬 질투심으로 일그러졌다. "이게 바로," 악마는 작은 악마들을 향해 말했다. "내가 추천하려던 방법이라네."

To illustrate his contention that the hardest thing to bear was a friend's good fortune, Wilde told Arthur Conan Doyle this story: The devil was once crossing the Libyan Desert, and he came upon a spot where a number of small fiends were tormenting a holy hermit. The sainted man easily shook off their evil suggestions. The devil watched their failure and then he stepped forward to give them a lesson. "What you do is too crude," said he. "Permit me for one moment." With that he whispered to the holy man, "Your brother has just been made Bishop of Alexandria." A scowl of malignant jealousy at once clouded the serene face of the hermit. "That," said the devil to his imps, "is the sort of thing which I should recommend."

조각가의 꿈은 대리석 속에서 말없이 차갑게 식어 가고, 화가의 이상은 캔버스 위에 머물러 있습니다. 하지만 난 내 극작품이 다시 삶으로 돌아가고, 나의 대사들이 당신의 열정으로 새로운 빛을 얻고, 당신의 입술에서 새로운 음악으로 다시 태어나는 걸 보고 싶습니다.

The dream of the sculptor is cold and silent in the marble, the painter's vision immobile on the canvas. I want to see my work return again to life, my lines gain new splendour from your passion, new music from your lips.

「진지함의 중요성」이 초연되기 직전, 한 리포터가 와일드에게 연극이 성공하리라 기대하느냐고 물었다. 와일드는 이렇게 대답했다. "아, 뭔가 잘못 생각하고 있는 것 같군요. 내 연극은 성공작입니다. 문제는, 초연 날 관객 역시 성공작인가 하는 것뿐입니다."

As *The importance of Being Earnest* was about to open, a reporter asked Wilde if he expected the play to be a success. "My dear fellow," Wilde responded, "you have got it wrong. The play is a success. The only question is whether the first night's audience will be one."

런던에서 연극이 초연될 때, 그날 공연 중 가장 재미없는 부분이 연극일 경우가 가끔 있다. 나는 배우들보다 훨씬 더 흥미로운 관객들을 많이 봐 왔고, 종종 무대에서보다 극장 로비에서 훨씬 더 흥미로운 대화를 듣곤 했다.

It sometimes happens that at a premiere in London the least enjoyable part of the performance is the play. I have seen many audiences more interesting than the actors and have often heard better dialogue in the foyer than I have on the stage.

나는 새로운 연극이 상연되는 밤에는 조금도 초조하지 않다. 나는 절묘하게 담담해진다. 마지막 리허설을 할 때 나의 초조함은 끝이 난다. 그때 난 내 극이 무대에서 공연될 때 나에게 어떤 감흥을 불러일으킬지 알게 된다. 그와 동시에 연극에 대한 흥미도 사라진다. 그리고 난 관객을 향한 묘한 질투심에 사로잡힌다. 황홀하고 신선한 감동이 그들을 기다리고 있음을 알기 때문이다.

I am not nervous on the night that I am producing a new play. I am exquisitely indifferent. My nervousness ends at the last dress rehearsal; I know then what effect my play, as presented on the stage, has produced upon me. My interest in the play ends there, and I feel curiously envious of the public — they have such wonderfully fresh emotions in store for them.

와일드는 여러 친구에게 「윈더미어 부인의 부채」의 초연 날 밤에 초록 카네이션(필시 염색의 도움으로 이 있음 직하지 않은 꽃을 만들어 낸 꽃집 주인을 발견했을 터)을 꽂을 것을 부탁했다. "내일 되도록 많은 사람이 그 꽃을 꽂고 왔으면 좋겠어." 그가 설명했다. "관객이 신경 쓰이도록 말이야." ─ "하지만 왜 관객들을 신경 쓰게 하려는 거지?" 그들 중 하나가 물었다. ─ "관객은 그러는 걸 좋아하거든." 와일드가 대답했다. "무대 위에선 한 젊은 남자가 초록 카네이션을 꽂고 있다고 생각해 봐. 사람들은 그 꽃을 쳐다보면서 궁금해 하겠지. 그리고 주위를 둘러보고는 점점 더 많은 신비한 초록색 점들을 곳곳에서 발견하게 될 거야. '이건 어떤 은밀한 상징이 분명해!' 그들은 이렇게 말할 테지. '이게 대체 뭘 의미하는 걸까?'" ─ "뭘 의미하는데?" ─ "아무것도, 하지만 아무도 그 사실을 눈치채지 못할 거야."

Wilde asked several friends to each wear a green carnation during opening night of *Lady Windermere's Fan*(having discovered a florist who produced this unlikely flower, probably with the help of dye). "I want a good many men to wear them tomorrow," he explained. "It will annoy the public." ─ "But why annoy the public?" asked one of the men. ─ "It likes to be annoyed," said Wilde. "A young man on the stage will wear a green carnation; people will stare at it and wonder. Then they will look round the house and see here and there more and more specks of mystic green. 'This must be some secret symbol,' they will say; 'what on earth can it mean?'" — "And what does it mean?" — "Nothing whatever, but that is just what nobody will guess."

와일드와 함께 배를 탔던 한 승객은 미국의 리포터들에게 그가 대서양을 별로 마음에 들어 하지 않았다고 전했다. "기대했던 것만큼 장엄하지 않군요." 그는 그 이유를 이렇게 설명했다. "노호하는 대양이 노호하지 않잖아요." 다음의 헤드라인 — '미스터 와일드, 대서양에 실망하다.' — 은 매사에 심드렁하게 반응하는 그의 명성을 더욱 드높였다.

A fellow passenger told American reporters that Wilde hadn't been pleased with the Atlantic. "It is not so majestic as I expected," he'd explained. "The roaring ocean doesn't roar." Subsequent headlines — MR WILDE DISAPPOINTED WITH THE ATLANTIC — only added to his reputation for being blasé.

워싱턴의 한 리포터가 내 사생활의 세세한 부분들을 알고 싶다며 전화를 한 적이 있다. 난 그에게 나도 사생활이라는 것이 있으면 좋겠다고 대답했다.

A reporter called me from Washington and wanted to get details of my private life. I told him I wished I had one.

한 영국 신문이 보스턴에서 화창한 날에 비옷을 입고 우산을 든 와일드의 모습이 포착되었다고 보도했다. 왜 그랬느냐는 질문에 그는 이렇게 대답했다. "오늘 아침 런던에 비가 내리고 있다고 들었거든요." 와일드의 친구 로버트 셰라드는 그에게 그 이야기가 사실인지 물었다. 와일드는 "잘못된 기사"라고 대답했다. — "아, 나도 그럴 거라고 생각했어요." 셰라드가 말했다. — "맞아요." 와일드가 이어 말했다. "나중에 알고보니까 그날 런던 날씨가 아주 좋았다고 하더라고요."

An English newspaper reported that Wilde had been spotted on a clear day in Boston wearing a mackintosh and an umbrella. When asked why, he'd responded, "I hear that it is raining in London this morning." Wilde's friend Robert Sherard asked him if the story was true. Wilde termed it "a false report." — "Ah, I thought so," said Sherard. — "Yes," continued Wilde, "I discovered later that the weather had been perfect in London that day."

패트릭 헨리, 토머스 제퍼슨, 조지 워싱턴 그리고 제퍼슨 데이비스를 배출한 나라에 대해서는 고귀하게 생각하지 않을 수 없다.

It is impossible not to think nobly of a country that has produced Patrick Henry, Thomas Jefferson, George Washington, and Jefferson Davis.

미국인들은 모두가 설교를 하려 든다. 아마도 그 나라의 기후 탓인 듯하다.

All Americans lecture, I believe. I suppose it is something in their climate.

와일드가 보스턴에서 헨리 워즈워스 롱펠로를 만났을 때, 노시인은 그에게 몇 년 전에 윈저 궁에서 빅토리아 여왕을 만난 적이 있다고 얘기했다. 그때 롱펠로는 여왕에게 영국에서 자신의 시가 그렇게 널리 읽히는 데에 놀랐다고 말했다. 여왕은 그 미국 시인이 자기 신하들 사이에 널리 알려져 있음을 확인시켜 주었다. "내 하인들은 모두 당신의 시를 읽는답니다." 롱펠로는 때로 잠을 이루지 못하는 밤이면, 여왕의 그 말이 자신에 대한 모욕이 아니었나 하는 생각이 든다고 했다. 와일드는 그의 생각이 맞으며, 그건 시인의 오만함에 대한 여왕의 꾸짖

음이었다고 분명히 일러 주었다.

When Wilde met Henry Wadsworth Longfellow
in Boston, the older poet told him of meeting
Queen Victoria at Windsor Castle some years
earlier. Longfellow told her he was surprised
to find himself to widely read in England. The
queen corroborated that the American poet
was well-known among her subjects. "All my
servants read you," she told him. Longfellow
said that he sometimes lay awake at night
wondering if this comment was meant as a
slight. Wilde assured him that it was, that it was
Majesty's rebuke to the vanity of the poet.

신시내티에서 열린 한 연회에서 와일드는 그를 초대해 준 안
주인에게 그녀가 쓴 시를 출판하라고 강력히 권유했다. "어쩌
면," 그녀가 대답했다. "훗날 천국에서는 연회를 여는 대신 책
을 출간할지도 모르지요." — "아뇨, 그건 안 됩니다." 와일드
가 말했다. "거기선 출판업자를 찾을 수 없을 테니까요."

At a reception in Cincinnati, Wilde urged the
hostess to publish her poetry. "Perhaps," she
responded, "in heaven, instead of holding
receptions, I may get out a book." — "No, no,"

said Wilde. "There'll be no publishers there."

그 후 그들은 나를 한 댄스홀로 데려갔다. 그곳에서 나는 지금까지 봐 온 것 중에서 유일하게 합리적인 예술 비평 방식을 목격했다. 피아노 위에는 다음과 같은 안내문이 붙어 있었다. "피아니스트에게 총을 쏘지 마시오. 그는 지금 최선을 다하는 중입니다."

They afterwards took me to a dancing saloon, where I saw the only rational methode of art criticism I have ever come across. Over the piano was printed a notice: "Please do not shoot the pianist: he is doing his best."

리처드 하딩 데이비스를 소개받은 와일드는 그 미국인 기자가 워싱턴이 묻힌 필라델피아 출신이라고 언급했다. 데이비스는 워싱턴은 버지니아 주에 있는 마운트 버넌에 묻혀 있다고 지적했다. 와일드는 자신의 말을 다른 이가 정정하는 것을 달가워하지 않았다. 그는 새로운 프랑스 화가에 관한 이야기로 대화의 주제를 바꾸었다. "데이비스 씨가 그에 관해 어떻게 생각하는지 한번 들어 봅시다." 그는 그들 주위에 모인 사람들을 향해 말했다. "미국인들은 예술에 대해 언제나 아주 흥미로운 말들을 하니 말입니다."
"난 정확한 사실을 알지 못하는 것들에 대해서는 어떠한 말도

하지 않습니다." 데이비스가 말했다.

이에 와일드는 이렇게 응수했다. "그렇다면 당신과의 대화는 대단히 제한적일 수밖에 없겠군요."

After being introduced to Richard Harding Davis, Wilde noted that the American journalist was from Philadelphia, where Washington was buried. Davis pointed out that Washington was buried in Mount Vernon, Virginia. Wilde did not appreciate being corrected. He changed the subject—to a new French painter. "Do let's hear what Mr Davis thinks of him," he told the group surrounding them. "Americans always talk so amusingly of art."

"I never talk about things when I don't know the facts," said Davis.

"That must limit your conversation frightfully," said Wilde.

와일드는 신시내티라는 도시에 별로 매력을 느끼지 못했다. 그는 한 리포터에게 이렇게 말했다. "당신네 범죄자들이 도시가 흉한 탓에 범죄를 저지른 거라고 변명하진 않는지 궁금하군요." 세인트루이스도 그에게 더 좋은 인상을 주진 못했다. "몇몇 세인트루이스 시민들은 내게 자신들의 도시가 최상의 상태에 있지 못하다고 하더군요." 와일드는 이어 말했다. "나도 그렇게 생각했어야 했나 봅니다. 그럴 만한 정보가 부족하긴 했지만 말입니다."

Wilde was not taken with Cincinnati. "I wonder your criminals don't plead the ugliness of your city as an excuse for their crimes," he told a reporter. St. Louis didn't impress him any better. "Several St. Louis citizens told me the city was not at its best," Wilde remarked. "I should have thought so, even though the information was lacking."

쓸쓸해 보이는 복도와 어두운 교실들로 이루어진 디자인 학교를 돌아보던 오스카 와일드의 눈빛이 반짝였다. 창문에 페인트로 쓰인 '금연'이라는 말 때문이었다. "세상에, 담배를 피우는 게 마치 범죄라도 저지르는 것인 양 말하다니. 그러면서 왜 학생들에게 층계참에서 서로 죽이지 말라고 경고하지는 않는지 참으로 이상하군요. 그런 데서는 나쁜 짓을 저지르고 싶은 충동이 얼마든지 생길 수 있을 텐데 말이죠."

When shown the School of Design, with its forlorn corridors and dark rooms, his eye lighted on the legend "No Smoking", painted in the window. "Great heaven, they speak of smoking as if it were a crime. I wonder they do not caution the students not to murder each other on the landing. Such a place is enough to incite a man to the commission of any crime."

어쨌든 장식용 마구(馬具)도, 화려한 행사도, 멋진 의식(儀式)도 존재하지 않는 나라가 있다. (미국에서) 나는 오직 두 종류의 행렬을 보았을 뿐이다. 하나는 경찰차가 앞서고 소방대가 그 뒤를 따르는 것이었고, 다른 하나는 소방대가 앞서고 경찰차가 그 뒤를 따르는 것이었다.

There at any rate is a country that has no trappings, no pageantry, and no gorgeous ceremonies. I saw only two processions — one was the Fire Brigade preceded by the Police, the other was the Police preceded by the Fire Brigade.

미국 전역을 여행하는 동안 내가 만난 사람들 중에서 가장 멋진 옷차림을 한 사람들은 서부의 광부들이었다. 그들을 바라보는 동안 나는, 이 그림 같은 광부들이 한밑천 잡은 다음에 동부로 되돌아가서 유행하는 현대적 의복들을 다시 입게 될 때를 유감스러운 마음으로 생각하지 않을 수 없었다. 나는 너무나 염려스러운 나머지 그중 몇몇 사람으로 하여금 또다시 동부 문명의 더욱더 복잡한 무대에 나서게 될 때에도 그들의

미국 전역을 여행하는 동안 내가 만난 사람들 중에서
가장 멋진 옷차림을 한 사람들은 서부의 광부들이었다.

멋진 의상을 고수하겠다고 약속하게 했다. 하지만 난 그들이 그럴 거라고는 믿지 않는다.

In all my journeys through the country, the very well-dressed men that I saw were the Western miners. As I looked at them I could not help thinking with regret of the time when these picturesque miners would have made their fortunes and would go East to assume again all the abominations of modern fashionable attire. Indeed, so concerned was I that I made some of them promise that when they again appeared on the more crowded scenes of Eastern civilization they would still continue to wear their lovely costume. But I do not believe they will.

그들(미국인들)은 우리보다 실제 경험을 훨씬 빨리 하는 편이라, 절대 서툴거나 수줍어하는 법이 없고, 바보 같은 말도 결코 하지 않는다. 허드슨 강이 어떻게 라인 강과 비교될 수 있는지, 브루클린 다리가 정말로 성 베드로 대성당의 돔만큼 인상적이지 않은지 물어볼 때를 제외하면 말이다.

Real experience comes to them so much sooner than it does to us that they are never awkward, never shy, and never say foolish things except when they ask one how the Hudson River compares with the Rhine, or whether Brooklyn Bridge is not really more impressive than the dome at St, Paul's.

미국식 이혼의 자유조차도 여러 면에서 분명 문제가 될 수 있기는 하지만, 적어도 결혼 생활에 낭만적 불확실성이라는 새로운 요소를 가져다준다는 장점을 지닌다. 남녀가 평생 동안 함께 살다 보면 너무 자주, 매너를 불필요한 것으로, 정중함을 전혀 중요하지 않은 것으로 여기게 된다. 하지만 유대가 쉽게 깨어질 수 있는 관계에서는, 바로 그 취약함이 두 사람의 유대를 더욱 돈독하게 하고, 남편은 언제나 아내가 기뻐하도록 노력해야 하며 아내는 매력적으로 보이기를 결코 그만둬서는 안 된다는 사실을 상기시켜 준다.

Even the American freedom of divorce, questionable though it undoubtedly is on many grounds, has at least the merit of bringing into marriage a new element of romantic uncertainty. When people are tied together for life they too often regard manners as a mere superfluity, and courtesy as a thing of no moment; but where the bond can be easily broken, its very fragility makes its strength, and reminds the husband that he should always try to please, and the wife that she should never cease to be charming.

순회강연이 끝날 무렵 와일드는 강연 결과가 어땠느냐고 묻는 사람들에게 늘 똑같은 대답을 하곤 했다. "대단한 성공이었습니다! 그 때문에 두 명의 비서를 두어야 했지요. 한 사람은 나한테 오는 편지들에 답장을 써야 했고, 다른 한 사람은 나의 팬들에게 머리카락을 보내야 했거든요. 그러다 둘 다 그만두게 해야 했습니다, 보기에 너무 딱해서요. 한 친구는 글씨를 너무 많이 써서 손에 경련을 일으켰고, 다른 친구는 대머리가 되다시피 했거든요."

At the end of his lecture tour, Wilde developed a stock response for those who asked how it had gone. "A great success!" he'd tell them. "I had two secretaries, one to answer my letters, the other to send locks of hair to my admirers. I have had to let them both go, poor fellows: one is in hospital with writer's cramp, and the other is quite bald."

와일드가 파리에서 몇 달간 지낼 때, 로버트 셰라드는 센 강이 굽어보이는 그의 숙소로 찾아갔다. 셰라드는 창밖을 응시하면서 전망이 아름답다고 말했다. 와일드는, 전망은 그걸 숙박료에 더하는 호텔 주인에게나 중요한 것이라고 대답했다. 게다가 그는 "신사는 절대 창밖을 내다봐서는 안 됩니다."라고 덧붙였다.

When Wilde spent a few months in Paris, Robert Sherard visited him there, in his apartment overlooking the Seine. Peering out the window, Sherard commented on the beauty of the view. Wilde told him that the view mattered only to the innkeeper, who added it to his bill. Besides, he added, "A gentleman never looks out of the window."

와일드는 어느 유명한 프랑스 시인이 한 연회에서 상석에 앉지 못했다고 소란 피우는 모습을 지켜보았다. 그는 이렇듯 터무니없는 항의에 충격을 받았다. 그는 이렇게 반문했다. "자신의 하찮음을 만천하에 드러내는 것보다 더 어리석은 일이 있을까? 나로 말하자면, 지금 내가 있는 곳이 가장 중요한 자리라는 말이지."

Wilde watched a well-known French poet make a scene at a banquet because he hadn't been seated at the head table. Wilde was struck by the absurdity of this protest. "Could anything be more petty," he asked, "a greatest revelation of insignificance? Now for me, the highest place is where I am myself."

오늘 아침, 침대에 누워 있는데 이런 생각이 들었다. 영국에 대한 프랑스의 위대한 우월성은, 프랑스에서는 모든 부르주아가 예술가가 되기를 원하는 반면, 영국에서는 모든 예술가가 부르주아가 되기를 원하는 데 있지 않을까.

I was thinking in bed this morning that the great superiority of France over England is that in France every bourgeois wants to be an artist, where in England every artist wants to be a bourgeois.

나는 파리에는 가지 않을 생각이야. 거기선 순식간에 가진 돈을 다 써 버리게 되거든.

I won't go to Paris, because I should spend all my money in no time.

파리가 너무나 매력적이라, 난 프랑스 시인이 되어 볼까 생각 중이야!

Paris is so charming that I think of becoming a
French poet!

난 살아 있는 동안에는 결코 새 친구를 만들지 않을 것이다.
죽어서는 얼마간 친구가 생기기를 희망할지라도.

I shall never make a new friend in life, though I
rather hope to make a few in death.

나는 원칙보다 사람을 더 좋아하고, 그중에서도 아무런 원칙
도 없는 사람을 이 세상에서 가장 좋아한다.

I like persons better than principles, and I like
persons with no principles better than anything
else in the world.

예전엔 답장하지 않는 건 있을 수 없는 일이라고 생각했다. 하
지만 근사한 편지는 마치 한줄기 햇살과도 같아서, 반드시 답
장을 요구하는 단순한 편지처럼 취급되어서는 안 된다.

It was horrid of me not to answer before, but a
nice letter is like a sunbeam and should not be

treated as an epistle needing a reply.

지금 난 초조하고 불행한 나머지 글씨를 제대로 쓸 수 없다. 난 수학을 도무지 이해할 수 없었는데, 이젠 내 삶이 수학 문제가 돼 버렸다. 삶이 낭만적인 문제였을 때는 아주 잘 풀었는데 말이다.

My handwriting has gone to bits, because I am nervous and unhappy. I never could understand mathematics, and now life is a mathematical problem. When it was a romantic one, I solved it — too well.

앨프리드 더글러스 경이 누군가에게 양복을 주었는데, 마침 그 주머니에는 와일드가 그에게 보낸 연서가 들어 있었다. 어느 날 한 공갈범이 와일드의 집에 찾아가 그 편지를 되사겠느냐고 물었다.

와일드: 그러니까 내가 앨프리드 더글러스 경에게 보낸 아름다운 편지 때문에 날 찾아왔다는 겁니까? 어리석게도 그 복사본을 비어봄 트리 씨에게 보내지 않았더라면 난 당신에게 기꺼이 많은 돈을 지불했을 겁니다. 내 편지는 예술 작품이나 마찬가지니까요.
앨런: 사람들이 이 편지를 아주 이상한 의미로 해석할지도 모릅니다.

와일드: 범죄자들이 예술을 이해할 리 없죠.

앨런: 어떤 사람이 이 편지를 넘겨주면 60파운드를 주겠다고 했습니다.

와일드: 충고하건대, 60파운드를 받고 내 편지를 그 사람에게 파십시오. 나도 이만한 분량의 글을 그렇게 큰돈을 받고 써 본 적이 없거든요. 하지만 내 편지가 60파운드의 가치가 있다고 생각하는 누군가가 영국에 있다는 게 나로서는 기쁘기 짝이 없군요.

(와일드는 10실링을 주고 그 편지를 되찾았다.)

WILDE: I suppose you have come about my beautiful letter to Lord Alfred Douglas? If you had not been so foolish as to send a copy of it to Mr Beerbohm Tree, I would gladly have paid you a very large sum of money for the letter, as I consider it to be a work of art.

ALLEN: A very curious construction could be put on that letter.

WILDE: Art is rarely intelligible to the criminal classes.

ALLEN: A man offered me 60 pounds for it.

WILDE: If you take my advice you will go to that man and sell my letter to him for 60 pounds. I myself have never received so large a sum for any prose work of that length; but I am glad to find that there is someone in

England who considers a letter of mine worth 60 pounds.

(For ten shillings Wilde recovered possession of the letter.)

오, 난 지루하고 현실적인 주제들을 좋아해요. 내가 싫어하는 것은 지루하고 현실적인 사람들이죠. 거기엔 큰 차이가 있어요.

Oh, I like tedious, practical subjects. What I don't like are tedious, practical people. There is a wide difference.

나는 완벽하게 건강할 때만 의사들을 보러 갈 생각을 한다. 그러면 그들에게서 어떤 위안을 얻을 수 있기 때문이다. 하지만 아플 때는 그들만큼 나를 우울하게 만드는 사람들도 없다.

I only care to see doctors when I am in perfect health; then they comfort one, but when one is ill they are most depressing.

에드워드 카슨: 그러니까 당신은 부도덕한 책이라는 건 없다고 생각한다는 거죠?
오스카 와일드: 그렇습니다.

에드워드 카슨: 그렇다면 당신이 『신부와 복사(服事)』를 부도덕한 책이 아니라고 생각한다는 말로 받아들여도 좋습니까?

오스카 와일드: 그보다 더 나쁜 책입니다. 잘 못 썼거든요.

EDWARD CARSON: You are of the opinion, I believe, that there is no such thing as an immoral book?

OSCAR WILDE: Yes.

EDWARD CARSON: May I take it that you think *The Priest and the Acolyte* was not immoral?

OSCAR WILDE: It was worse; it was badly written.

나에게 예술은 먼저 나 자신을 스스로에게 드러내 보여 주고, 그다음에는 나 자신을 세상에 드러내 보여 줄 수 있게 해 준 가장 원초적인 기조(基調)였다. 예술은 내 삶의 진정한 열정이었다. 또한 예술은 사랑이었다. 예술이 적포도주나 달의 마법 거울이었다면, 세상의 다른 사랑들은 습지의 물이나 반딧불에 불과했다.

My Art was to me the great primal note by which I had revealed, first myself to myself, and then myself to the world; the real passion of my life; the love to which all other loves were as marsh-water to red wine, or the glow-worm of the marsh to the magic mirror of the moon.

난 내 고통이 영원하리라는 생각엔 때로 기쁨을 느끼기도 했지만, 내 고통이 의미 없다는 생각은 견딜 수가 없었다. 이제 난 이 세상에 무의미한 건 하나도 없으며, 그중에서도 의미 없는 고통은 더더욱 있을 수 없다고 내게 속삭여 주는 무언가가 나의 내면에 숨겨져 있음을 알게 되었다. 들판에 숨겨진 보물처럼 내 안에 숨겨져 있던 그 무언가는 바로 겸손이었다. 겸손은 내게 남은 마지막이자 최고의 것이었다. 내가 도달한 지고의 발견이자, 새롭게 나아가기 위한 출발점이었다. 그것은 내게서 비롯되었고, 따라서 난 그것이 적절한 시기에 내게 왔음을 알았다. 그것은 더 일찍 혹은 더 늦게 나를 찾아올 수 없었다. 누군가가 내게 그것에 대해 말했다면, 난 그것을 거부했을 터다. 누군가가 내게 그것을 가져다주었다면, 난 그것을 내쳤을 것이다. 난 그것을 스스로 발견했기 때문에 간직하려 했던 것이다.

While there were times when I rejoiced in the idea that my sufferings were to be endless, I could not bear them to be without meaning. Now I find hidden away in my nature something that tells me that nothing in the whole world is meaningless, and suffering least of all. That something hidden away in my nature, like a treasure in a field, is Humility.

It is the last thing left in me, and the best: the ultimate discovery at which I have arrived: the starting-point for a fresh development. It has come to me right out of myself, so I know that it has come at the proper time. It could not have come before, nor later. Had anyone told me of it, I would have rejected it. Had it been brought to me, I would have refused it. As I found it, I want to keep it.

나는 삶이 뭔지 모를 때 글을 썼습니다. 이젠 그 의미를 알기 때문에 더 이상 쓸 게 없습니다. 삶은 글로 쓸 수 있는 게 아닙니다. 그저 살아 내는 것입니다.

I wrote when I did not know life; now that I do know the meaning of life, I have no more to write. Life cannot be written; life can only be lived.

저는 다시는 글을 쓰지 못할 것 같습니다. 제 안의 무언가가 죽어 버렸기 때문입니다. 글을 쓰고 싶은 욕구가 전혀 생기지 않고, 내가 가진 힘이 느껴지지가 않아요. 물론 감옥에서 보낸 처음 일 년 동안 나의 육체와 영혼은 철저하게 망가져 버렸습니다. 그러지 않을 수가 없으니까요.

I don't think I shall ever write again. Something is killed in me. I feel no desire to write — I am unconscious of power. Of course my first year in prison destroyed me body and soul. It could not be otherwise.

그리고 삶이 내게 문제가 되는 게 분명한 사실이라면, 나 역시 삶에 문제가 되는 것도 부인할 수 없는 사실이다. 사람들은 나에 대해 어떤 태도를 취해야 하고, 그들 자신과 나에 관해 어떤 판단을 내려야만 하기 때문이다.

And if life be, as it surely is, a problem to me, I am no less a problem to Life. People must adopt some attitude towards me, and so pass judgment both on themselves and me.

이 시대가 이야기하는 "감히 그 이름을 말할 수 없는 사랑"은 다윗과 요나단 사이에 있었던 것과 같고, 플라톤이 자기 철학의 기저로 삼았던 것과 같으며, 미켈란젤로와 셰익스피어의 소네트에서 발견되는 것과 같은, 연장자가 젊은 사람에게 느끼는 깊은 애정을 말한다. 완전하면서도 순수한, 깊고 정신적인 애정을 가리킨다. 그런 사랑은 셰익스피어와 미켈란젤로의 작품들과 나의 두 통의 편지와 같은 위대한 예술 작품들을 지배하고 그것들의 곳곳에 스며들어 있다. 그런데 우리가 사는 이 시대는 그것을 오해하고, 터무니없이 오해한 나머지 그 사랑을 "감히 그 이름을 말할 수 없는 사랑"으로 묘사하고, 그 때문에 난 지금 이 법정에 서게 되었다. 그 사랑은 아름답고 멋지며, 가장 고귀한 형태의 애정이다. 그런 애정에는 부자연스러운 면이 전혀 없다. 그것은 지적인 사랑이며, 지성을 지닌 연장자와 삶의 모든 기쁨과 희망과 화려함이 보장된 젊은 사람 사이에 언제나 존재해 왔던 사랑이다. 그런데 세상 사람들은 그 사랑이 그렇다는 걸 이해하지 못한다. 세상은 그 사랑을 조롱하며, 때로 그것 때문에 누군가를 공시대에 세우기도 한다.

The "Love that dare not speak its name" in this century is such a great affection of an elder for a young man as there was between David and Jonathan, such as Plato made the very basis of his philosophy, and such as you find in the sonnets of Michaelangelo and Shakespeare. It is that deep, spiritual affection that is as pure as it is perfect. It dictates and pervades great works of art like those of Shakespeare and Michaelangelo, and those two letters of mine, such as they are. It is in this century misunderstood, so much misunderstood that it may be described as the "Love that dare not speak its name" and on account of it I am placed where I am now. It is beautiful, it is

세상은 그 사랑을 조롱하며,
때로 그것 때문에 누군가를 공시대에
세우기도 한다.

fine, it is the noblest form of affection. There is nothing unnatural about it. It is intellectual, and it repeatedly exists between an elder and a younger man, when the elder man has intellect, and the younger man has all the joy, hope and glamour of life before him. That it should be so the world does not understand. The world mocks at it and sometimes puts one in the pillory for it.

이제 난 그것이 어떤 형태든 오직 사랑만이 이 세상에 존재하는 무수한 고통을 설명할 수 있는 유일한 길임을 알 것 같다. 그것 말고는 다른 어떤 설명도 생각할 수 없다. 사랑 외에 다른 설명은 없으며, 이 세상이 정말 고통 위에 세워진 것이라면 그건 분명 사랑의 손길로 만들어졌다고 확신하게 된 것이다. 이 세상이 인간의 영혼을 위해 창조된 것이라면, 인간의 영혼은 사랑이 아닌 다른 방식으로는 결코 완벽해질 수 없기 때문이다. 쾌락은 아름다운 육체를 위해 존재하고, 고통은 아름다운 영혼을 위해 존재한다.

Now it seems to me that Love of some kind is the only possible explanation of the extraordinary amount of suffering that there is in the world. I cannot conceive any other explanation. I am convinced that there is no other, and that if the worlds have indeed, as I have said, been built out of Sorrow, it has been by the hands of Love, because in no other way could the Soul of man for whom the worlds are made reach the full stature of its perfection. Pleasure for the beautiful body, but Pain for the beautiful soul.

나는 매일 이렇게 되뇌었어. "오늘도 나는 마음속에 사랑을 간직해야만 한다. 그러지 않으면 오늘 하루를 어떻게 살아 낼 것인가."

Every day I said to myself, "I must keep Love in my heart today, else how shall I live through the day."

나는 수개월 동안 당신 편지를 기다렸어. 설사 내가 기다리지 않고 당신한테 문을 굳게 닫아 버렸다 해도, 당신은 어느 누구도 사랑엔 영원히 문을 닫아걸 수는 없다는 사실을 기억했어야만 했어.

I waited month after month to hear from you. Even if I had not been waiting but had shut the doors against you, you should have

remembered that no one can possibly shut the
doors against Love for ever.

우리 각자에게는 각기 다른 운명이 할당됐지. 자유, 쾌락, 유흥, 여유로운 삶은 당신의 몫이었지. 그런데 당신은 그런 삶을 누릴 자격이 없어. 내 몫은 공개적인 불명예, 오랜 수감 생활, 빈곤, 파산, 실추였지. 그리고 나 역시 그런 삶과는 어울리지 않아. 적어도 아직까지는. 진정한 비극이 자줏빛 망토와 고귀한 슬픔의 가면을 쓰고 내게 온다면, 난 그런 비극은 얼마든지 견딜 수 있을 거라고 종종 말하곤 했지. 그런데 현대 사회에서 정말 끔찍한 것은 비극에 희극의 옷을 입힌다는 거야. 그래서 위대한 현실들이 평범하거나 기괴하거나 스타일이 결여된 것처럼 보이게 됐지. 현대 사회에 관한 한 그건 틀림없는 사실이야. 어쩌면 실제 삶에서도 늘 그래 왔는지 몰라. 모든 순교는 그것을 바라보는 구경꾼들에게는 하찮아 보이는 법이라고들하지. 19세기도 그런 일반적인 법칙에서 예외가 아닌 거야.

To each of us different fates have been meted
out. Freedom, pleasure, amusements, a life
of ease have been your lot, and you are not
worthy of it. My lot has been one of public
infamy, of long imprisonment, of misery, of
ruin, of disgrace, and I am not worthy of it
either — not yet, at any rate. I remember I used
to say that I thought I could bear a real tragedy

if it came to me with purple pall and a mask of noble sorrow, but that the dreadful thing about modernity was that it put Tragedy into the raiment of Comedy, so that the great realities seemed commonplace or grotesque or lacking in style, It is quite true about modernity. It has probably always been true about actual life. It is said that all martyrdoms seemed mean to the looker-on. The nineteenth century is no exception to the general rule.

이러한 비난들은 모래 위에 기초하고 있지만, 우리의 우정은 반석 위에 세워져 있다.

These charges are founded on sand. Our friendship is founded on rock.

물론 난 내가 저지르지 않은 일들 때문에 유죄 판결을 받기도 했고, 내가 한 행동들 때문에 유죄 판결을 받기도 했다. 그리고 지금까지 살아오면서 죄를 저지르고도 벌 받지 않은 경우는 그보다 훨씬 많다.

Of course there were many things of which I was convicted that I had not done, but then

there are many things of which I was convicted
that I had done, and a still greater number of
things in my life for which I never was indicted
at all.

나는 지금 완전한 알거지에, 노숙자보다도 못한 처지에 놓여
있어. 하지만 이 세상에는 이보다 더 힘든 일들도 많다고 생각
해. 이건 정말 진심으로 하는 얘긴데, 난 당신이나 세상에 대
한 원망을 품고 이 감옥에서 나가느니, 기꺼이 집집마다 돌아
다니며 빵을 구걸하는 삶을 택할 거야. 만약 부자들의 집에서
아무것도 얻지 못한다면, 가난한 이들의 집에선 뭐라도 얻을
수 있겠지. 많이 가진 사람들은 종종 탐욕스럽게 굴지만, 아무
것도 없는 이들은 언제나 뭐라도 나누려 하는 법이거든.

I am completely penniless, and absolutely
homeless. Yet there are worse things in the
world than that. I am quite candid when I tell
you that rather than go out from this prison
with bitterness in my heart against you or
against the world I would gladly and readily
beg my bread from door to door. If I got
nothing at the house of the rich, I would get
something at the house of the poor. Those who
have much are often greedy. Those who have
little always share.

아름다움의 숭배와 사랑의 열정이 수치스럽게 여겨지는 나라에 산다는 건 참으로 기이한 일이야. 난 영국이라는 나라가 너무 싫어. 당신과 함께할 수 있기에 견디는 것뿐이야.

How strange to live in a land where the worship of beauty and the passion of love are considered infamous. I hate England. It is only bearable to me because you are here.

세상 사람들이 그럴 거라고 생각하는 것처럼 당신과 함께한 삶이 쾌락과 허랑방탕함과 웃음으로 일관됐다면, 아마 난 과거의 단 한순간도 기억해 낼 수 없었을 거야. 우리가 함께 보낸 시간들이 비극적이고 씁쓸하며 불길한 전조로 가득하고, 단조로운 장면들과 볼썽사나운 과격함 속에서 무미건조함이나 두려움이 느껴지는 순간들과 세월로 점철된 것이었기 때문에 난 그 각각의 사건들을 아주 세세한 부분까지 보고 들을 수 있었던 거야. 사실 그 밖의 다른 것은, 아무것도 보지도 듣지도 못해.

Had our life together been as the world fancied it to be, one simply of pleasure, profligacy and laughter, I would not be able to recall a single passage in it. It is because it was full of moments and days tragic, bitter, sinister in their warnings, dull or dreadful in their monotonous

scenes and unseemly violences, that I can see
or hear each separate incident in its detail, can
indeed see or hear little else.

사람들은 내가 보시에게 돌아가는 것이 얼마나 끔찍한 일인
지 말하곤 하지. 그들이 그러면 안 된다고 얘기하면, 이렇게 말
해 주길 바라. 난 그를 사랑하고 있으며, 그는 시인이라고. 그
리고 내 삶이 도덕적으로는 어떠했을지 몰라도 언제나 로맨틱
했다고. 그리고 보시는 나의 로맨스였다고.

When people say how dreadful of me to return
to Bosie, do say *no*— say that I love him, that
he is a poet, and that, after all, whatever my life
may have been ethically, it has always been
romantic, and Bosie is my romance.

모든 이들이 내가 당신에게 돌아간다는 사실에 분노하고 있
어. 그들은 우리를 이해하지 못해. 난 당신하고 함께 있을 때
만 뭐라도 할 수 있다는 걸 알아. 나를 위해, 파산한 내 삶을 다
시 산다면, 어쩌면 그땐 우리의 우정과 사랑이 세상 사람들에
게 또 다른 의미를 띠게 되지 않을까.

Everyone is furious at me for going back to
you, but they don't understand us. I feel that it

is only with you that I can do anything at all. Do remake my ruined life for me, and then our friendship and love will have a different meaning to the world.

동료 재소자: 난 당신이 정말 안됐습니다. 당신은 우리 같은 사람들보다 훨씬 힘들 테니까요.
오스카 와일드: 그렇지 않소, 친구. 우린 모두 똑같이 힘든 겁니다.

FELLOW INMATE: I am sorry for you; it is harder for the likes of you than it is for the likes of us.
OSCAR WILDE: No, my friend, we all suffer alike.

아무래도 난 새로운 세기가 밝아 오는 걸 볼 수 있을 때까지 살 것 같진 않습니다. 만약 또 다른 세기가 시작됐는데도 내가 여전히 살아 있다면, 영국 사람들은 그 사실을 절대 용납하지 않을 겁니다.

Somehow I don't think I shall live to see the new century — if another century began and I was still alive, it would really be more than the

English could stand.

난 사람들이 내 등 뒤에서 나에 대해 무슨 말을 하는지 전혀 알고 싶지 않다. 알고 나면 너무 우쭐해질지도 모르기 때문이다.

I don't at all like knowing what people say of me behind my back. It makes me far too conceited.

난 이미 내 것인 것을 도용한다. 한 번 출간된 것은 공공의 소유가 되기 때문이다.

I appropriate what is already mine, for once a thing is published it becomes public property.

늦기 전에 조심하게, 제임스. 그리고 내가 그러듯이 언제나 이해할 수 없는 사람으로 머물러 있도록 하게. 위대하다는 것은 오해를 받는다는 것이거든.

Be warned in time, James; and remain, as I do, incomprehensible: to be great is to be misunderstood.

내가 파산하면 내 사인들의 값이 꽤 나갈 것이다.

In case I become bankrupt I suppose the autographs will fetch something.

이제부터 나는 옥스퍼드의 악명 높은 성 오스카, 시인 그리고 순교자로 살아가게 될 것이다.

I shall now live as the Infamous St. Oscar of Oxford, Poet and Martyr.

리포터: 선생님의 다음번 강연은 무엇에 관한 것입니까?
오스카 와일드: 오, 다음번 강연은 문고리에서 시작해서 다락 방에서 끝나게 될 것입니다. 그 너머에는 천국이 있을 뿐인데, 그건 교회가 다루어야 할 주제가 되겠지요.

REPORTER: And what will your next lectures about?
OSCAR WILDE: Oh, they will begin at the doorknob and end with the attic. Beyond there remains only heaven, which subject I leave to the church.

『도리언 그레이의 초상』 안에는 나의 많은 부분이 포함돼 있다. 바질 홀워드는 내가 나라고 생각하는 사람이다. 헨리경은 세상 사람들이 나라고 생각하는 인물이다. 도리언은 내가 되고 싶어 하는 사람이다, 아마도 다른 시대에서.

> *The Picture of Dorian Gray* contains much of me in it. Basil Hallward is what I think I am: Lord Henry what the world thinks me: Dorian what I would like to be — in other ages perhaps.

프랭크, 개심(改心) 어쩌고저쩌고하는 건 전부 허튼소리네. 그 누구도 결코 진정으로 개심하거나 변하지 않아. 난 언제나 나였던 나일 뿐이라고.

> Talk about reformation, Frank, is all nonsense; no one ever really reforms or changes. I am what I always was.

그렇습니다, 나는 몽상가입니다. 몽상가는 달빛으로만 길을 찾을 수 있는 사람이며, 다른 사람들보다 먼저 새벽을 맞이하는 벌(그리고 보상)을 받는 사람이기 때문입니다.

> Yes; I am a dreamer. For a dreamer is one who

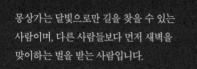

몽상가는 달빛으로만 길을 찾을 수 있는
사람이며, 다른 사람들보다 먼저 새벽을
맞이하는 벌을 받는 사람입니다.

can only find his way by moonlight, and his punishment(and his reward) is that he sees the dawn before the rest of the world.

올리버 슈라이너: 나는 이스트엔드에 삽니다. 거기선 사람들이 가면을 쓰지 않거든요.
오스카 와일드: 나는 웨스트엔드에 삽니다. 거기선 사람들이 가면을 쓰거든요.

OLIVER SHREINER: I live in the East End because there the people don't wear masks.
OSCAR WILDE: And I live in the West End because there they do.

난 정말 굉장했다.

I was quite amazing.

나 같은 위치에 있던 사람이 나락으로 떨어지면 그보다 못한 사람들로부터 수많은 동정을 받기 마련이다. 게다가 공연 시간이 너무 길면 관객들이 지루해한다. 내 비극은 너무 오래 끌었다. 그 클라이맥스가 이미 지나가 버렸다……

No man of my position can fall into the mire of life without getting a great deal of pity from his inferiors; and I know that when plays last too long, spectators tire. *My* tragedy has lasted far too long: its climax is over……

운명의 여신들이 내 요람을 뒤흔들어 놓았다. 이제 난 진창 속에서만 평화를 느낄 수 있다.

My cradle was rocked by the Fates. Only in the mire can I know peace.

프랭크, 말하는 건 자네 자유네. 하지만 결코 나한테 좋은 게 사악한 거라고 나를 설득하지는 못할 거야. 가령 다른 사람들에겐 해롭지만 내게는 자극제가 되는 음식을 내가 좋아한다고 치자고. 그런데 그 음식을 내가 먹었다고 해서 어떻게 그들이 감히 나를 벌할 수 있겠는가?

You may talk as you please, Frank, but you will never get me to believe that what I know is good to me is evil. Suppose I like a food that is poison to other people, and yet quickens me; how dare they punish me for eating of it?

세상은 서서히 더 관대해지고 있다. 언젠가 사람들은 나를 야
만적으로 다룬 걸 부끄럽게 생각하게 될 터다. 오늘날 그들이
중세 시대의 고문을 수치스럽게 생각하는 것처럼.

The world is slowly growing more tolerant
and one day men will be ashamed of their
barbarous treatment of me, as they are now
ashamed of the torturings of the Middle Ages.

세상 사람들은 분노를 감추지 못하고 있다. 그들이 내게 가한
벌에 아무런 효력이 없었기 때문이다. 사람들은 이렇게 말할
수 있기를 바랐다. "우리는 오스카 와일드를 위해 아주 중요
한 일을 했다. 그를 감옥에 집어넣음으로써 앨프리드 더글러
스와의 우정과 그것이 포함하는 모든 것을 끝내게 했다." 그
러나 이제 그들은 자신들이 기대했던 효과를 거두지 못했다
는 사실을 알게 되었다. 또한 그들은 단지 나를 야만적으로 취
급했을 뿐, 내게 아무런 영향도 끼치지 못했다는 것도 깨달았
다. 그들은 그저 나를 파산시켰을 뿐이며, 그래서 몹시 화가
나 있는 것이다.

The world is angry because their punishment
has had no effect. They wished to be able to
say "We have done a capital thing for Oscar
Wilde: by putting him in prison we have put
a stop to his friendship with Alfred Douglas

and all that that implies." But now they find
that they have not had that effect, that they
merely treated me barbarously, but they did not
influence me, they simply ruined me, so they
are furious.

내가 어렸을 때 가장 좋아했던 두 인물은 뤼시앵 드 뤼방프레
와 쥘리앵 소렐이었다. 뤼시앵은 목매 자살했고, 쥘리앵은 교
수대에서 죽었다. 그리고 난 감옥에서 죽었다.

When I was a boy my two favourite characters
were Lucien de Rubempré and Julien Sorel.
Lucien hanged himself, Julien died on the
scaffold, and I died in prison.

나는 모든 예술이 그 동반자로 고독을 얼마나 절실히 필요로
하는지를 이제야 비로소, 어쩌면 너무 늦게 깨달았다.

I have only now, too late perhaps, found out
how all art requires solitude as its companion.

난 아주 단순하고 솔직하게 이렇게 말할 수 있을 순간이 오기
를 바라. "내 인생에서 가장 중요한 두 번의 전환점은, 아버지

가 나를 옥스퍼드에 보냈을 때와 사회가 나를 감옥에 보냈을 때였다." 하지만 그 일이 내게 일어날 수 있었던 최고의 것이라고는 말하지 않을 거야. 그런 말은 너무 자조적으로 들릴 테니까.

I want to get to the point when I shall be able to say, quite simply and without affectation, that the two great turning points of my life were when my father sent me to Oxford, and when society sent me to prison. I will not say that it is the best thing that could have happened to me, for that phrase would savour of too great bitterness towards myself.

일말의 자만심 — 그렇다고 자만심을 깎아내리는 것처럼 보이고 싶지는 않지만 — 도 느끼지 않고 말하건대, 영국을 통틀어 광고할 필요가 전혀 없는 한 사람을 꼽으라면 그건 바로 나라고 생각한다. 난 세상에 널리 알려지는 게 지겨워 죽을 지경이니까.

I think I may say without vanity — though I do not wish to appear to run vanity down — that of all men in England I am the one who requires least advertisement. I am tired to death of being advertised.

네, 저는 야망이 매우 큰 젊은이입니다. 저는 세상에서 할 수 있는 건 뭐든지 다 하고 싶거든요. 내가 하고 싶지 않은 게 뭔지 도무지 생각나지 않아요.

"Well, I'm a very ambitious young man. I want to do everything in the world. I cannot conceive of anything that I do not want to do."

나는 다시는 글을 쓰지 못할 것 같습니다. 의지력과 더불어 예술의 근간이 되는 삶의 기쁨이 사라져 버렸기 때문입니다.

I don't think I shall ever write again: *la joie de vivre* is gone, and that, with will-power, is the basis of art.

감옥에 있는 사람들에게 눈물은 매일 겪는 일상의 한 부분이지. 감옥에서 울지 않는 날은 마음이 행복한 날이 아니라, 마음이 돌처럼 굳은 날이야. 그런데 이제 나는 나 자신에게보다 나를 비웃었던 사람들에게 더 많은 안타까움을 느끼고 있어. 물론 그들이 날 봤을 때 나는 영광의 좌대 위에 올라서 있지 않았지. 나는 공시대에 매달려 있었으니까. 상상력이 지극히 부족한 사람들이 좌대 위에 올라서 있는 사람에게만 관심을 두는 법이지. 좌대는 아주 비현실적인 것일 수 있어. 하지만 공시대는 무시무시한 현실이지.

To those who are in prison, tears are a part of every day's experience. A day in prison on which one does not weep is a day on which one's heart is hard, not a day on which one's heart is happy. Well, now I am really beginning to feel more regret for the people who laughed than for myself. Of course when they saw me I was not on my pedestal. I was in the pillory. But it is a very unimaginative nature that only cares for people on their pedestals. A pedestal may be a very unreal thing. A pillory is a terrific reality.

예전에는 '감사'란 내가 짊어져야 할 짐이라고 생각했다. 하지만 이젠 그게 마음을 더욱 가볍게 해 주는 어떤 것임을 알게 되었다. 감사할 줄 모르는 사람은 납으로 된 발과 마음으로 느릿느릿 걸어가는 사람이다. 그러나 신과 인간에게 감사하는 야릇한 기쁨을 알게 되면 세상이 더 아름다워 보이고, 자신의 부가 아닌 자기가 진 빚을 셈하는 것과 자신이 가진 적은 재물이 아닌 자기가 빚진 많은 것을 헤아리는 일이 즐겁게 느껴진다.

I used to think gratitude a burden to carry. Now I know that it is something that makes the heart lighter. The ungrateful man is one who walks slowly with feet and heart of lead. But

when one knows the strange joy of gratitude
to God and man the earth becomes lovelier to
one, and it is a pleasure to count up, not one's
wealth but one's debts, not the little that one
possesses, but the much that one owes.

물론 나는 많은 것을 잃었다. 그러나 여전히 내게 남겨진 모든
것과 여전히 내가 가진 것을 헤아려 볼 때 난 진정으로 부자
다. 이 아름다운 세상의 태양과 바다. 금빛으로 어둑하게 빛나
는 새벽과 은빛으로 수놓인 밤들. 많은 책들과 모든 꽃들 그리
고 몇몇 좋은 친구들. 아직 건강과 힘이 허락된 머리와 신체.
돈으로 말하자면, 내 돈은 나에게 끔찍한 해악을 끼쳤다. 나는
돈 때문에 파산했다. 이젠 소박하게 살아가면서 글을 잘 쓸 수
있을 만큼만 돈이 있었으면 좋겠다.

Of course I have lost much, but still…… when
I reckon up all that is left to me, the sun and
the sea of this beautiful world; its dawn dim
with gold and its nights hung with silver; many
books, and all flowers, and a few good friends;
and a brain and body to which health and
power are not denied—really I am rich when
I count up what I still have: and as for money,
my money did me horrible harm. It wrecked
me. I hope just to have enough to enable me to

live simple and write well.

내가 비정상적인 사랑의 열정과 비뚤어진 욕정을 지니고 있다는 생각은 내 친구들에겐 엄청난 충격일 수 있을 것이다. 하지만 그들이 역사를 읽어 본다면, 내가 역사에서 이처럼 불운한 마지막 예술가가 아닐 것처럼, 그런 일을 겪은 최초의 예술가도 아니라는 사실을 알게 될 것이다.

It may be a terrible shock to my friends to think
that I had abnormal passions, and perverse
desires, but if they read history they will find
I am not the first artist so doomed, any more
than I shall be the last.

친애하는 로비, 오늘 자네 편지를 받았네.

내가 보시에게 돌아간 건 심리학적으로 불가피한 일이었어. (……) 세상이 나를 그렇게 만든 거라고. 나는 사랑의 기운이 없이는 살 수 없어. 나는 사랑하고, 사랑받아야만 하는 사람이야. 그로 인해 어떤 대가를 치르더라도 말이지. (……) 베른발에서 지낸 마지막 한 달 동안 난 너무나 외로워서 죽고 싶은 생각뿐이었네. 세상이 내게 문을 닫아걸었을 때, 사랑의 문은 아직 열려 있었던 거야.

사람들이 내가 보시에게 돌아간 걸 비난하면, 그들에게 이렇게 말해 주게. 그는 내게 사랑을 선물해 주었다고. 외로움과 오욕 속에서, 끔찍한 속물 세계와 석 달 동안 치열하게 싸운 끝에 난 자연스럽게 그에게 돌아갔던 거야. 물론 나는 종종 불행할 거야. 하지만 난 아직 그를 사랑하고 있네. 그가 내 삶을 망가뜨렸다는 사실이 그를 사랑하게 만든 거야.

My dearest Robbie, Your letter has reached me here.

My going back to Bosie was psychologically inevitable: (……) the world forced it on me. I cannot live without the atmosphere of Love: I must love and be loved, whatever price I pay for it. (……) for the last month at Berneval I was so lonely that I was on the brink of killing myself. The world shuts its gateway against me, and the door of Love lies open.

When people speak against me for going back to Bosie, tell them that he offered me love, and that in my loneliness and disgrace I, after three months' struggle against a hideous Philistine world, turned naturally to him. Of course I shall often be unhappy, but still I love him: the mere fact that he wrecked my life makes me love him.

따라서 자네가 나의 문학과 관련한 유언 집행자가 되려면 퀸스베리와 앨프리드 더글러스에 대한 나의 별난 행동을 제대로 설명해 주는 유일한 문서를 확보하고 있어야만 할 거야. 이 편지를 다 읽으면, 자넨 여기에 세상 사람들의 눈에는 어리석음의 극치와 천박한 허세에서 비롯된 것처럼 보일 내 행동에 대한 심리적 해명이 들어 있음을 알게 될 거야. 언젠가 진실은 밝혀질 거야. 내가 살아 있는 동안이나 더글러스의 생전에는 아닐지 몰라도. 하지만 난 저들로 인해 언제까지고 이 기괴한 공시대에 매달려 있지는 않을 거야. 나는 내 아버지와 어머니로부터, 문학과 예술에서의 고귀한 이름을 물려받았다는 단순한 이유 때문이지. 그래서 난 그 이름이 영원토록 퀸스베리 부자의 방패막이와 도구가 되는 걸 용납할 수 없어. 나는 내 행위에 대한 변명 같은 건 하지 않을 거야. 단지 해명할 뿐이지.

또한 그 편지 속에는 감옥에서의 나의 정신적 성장과 지난 삶에 대한 지적 태도와 내 기질의 필연적 변화를 다룬 구절들이 포함돼 있어. 나는 자네를 비롯해 변함없이 애정을 간직한 채 내 편에 서 있는 이들이 내가 어떤 마음과 태도로 세상과 맞서고자 하는지 정확히 알기를 바라. 물론 어떤 관점에서는, 감옥에서 나가는 날, 나는 단지 하나의 감옥에서 또 다른 감옥으로 옮겨 갈 뿐이라는 사실을 잘 알고 있어. 내게는 온 세상이 이 감방만큼 조그맣고 두려움으로 가득 찬 것처럼 보일 때도 있고 말이지. 하지만 어쩌면 태초에 하느님이 각각의 인간을 위한 개별적인 세상을 만들어 놓아, 우리 각자는 자신 안에 있는 그 세상 속에서 살아가야 하는 게 아닐까 하는 생각이 들어. 어쨌거나 자넨 내 편지의 그 부분들을 다른 사람들보다는 덜 마음 아프게 읽을 수 있을 거야.

Well, if you are my literary executor, you

must be in possession of the only document that really gives any explanation of my extraordinary behaviour with regard to Queensberry and Alfred Douglas. When you have read the letter you will see the psychological explanation of a course of conduct that from the outside seems a combination of absolute idiocy with vulgar bravado. Some day the truth will have to be known: not necessarily in my lifetime or in Douglas's: but I am not prepared to sit in the grotesque pillory they put me into, for all time: for the simple reason that I inherited from my father and my mother a name of high distinction in literature and art, and I cannot, for eternity, allow that name to be the shield and catspaw of the Queensberrys. I don't defend my conduct. I explain it.

Also there are in the letter certain passages which deal with my mental development in prison, and the inevitable evolution of character and intellectual attitude towards life that has taken place: and I want you, and others who still stand by me and have affection for me, to know exactly in what mood and manner I hope to face the world. Of course from one point of view I know that on the day of my release I shall be merely passing from one prison into another, and there are times when the whole world seems to me no larger than my cell, and as full of terror for me. Still I believe that at the beginning God made a world for each separate man, and in that world which is within us one should seek to live. At any rate, you will read those parts of my letter with less pain than the others.

모든 위대한 사랑은 고유한 비극을 지니고 있다. 우리의 사랑도 그렇다.

Every great love has its tragedy, and now ours has too.

우리의 눈이 마주쳤을 때 나는 내 얼굴에서 핏기가 가시는 걸 느낄 수 있었어. 난 기이한 두려움에 휩싸였지. 존재만으로도 그토록 매혹적이어서, 내가 허용하기만 한다면 나의 본성과 영혼 전부를, 나의 예술 자체를 다 빨아들이고 말 누군가와 마주하고 있다는 사실을 깨달았지.

When our eyes met, I felt that I was growing

pale. A curious sensation of terror came over me. I knew that I had come face to face with some one whose mere personality was so fascinating that, if I allowed it to do so, it would absorb my whole nature, my whole soul, my very art itself.

우리가 함께했던 순간들의 기억은 이곳에서 나와 함께 걸어 다니는 그림자와도 같아. 나를 결코 떠나지 않으면서, 밤에도 날 깨워 똑같은 이야기를 하고 또 하지. 그 지루한 반복이 새벽까지 나를 깨어 있게 하면서. 그러다 날이 밝아 오면 그 기억도 어김없이 다시 돌아오지. 그리고 교도소 마당까지 나를 따라와서는 나로 하여금 마당을 터벅터벅 걸으면서 혼잣말을 하게 만들어. 나에게 끔찍했던 매 순간의 세세한 부분까지 떠올리도록 강요하면서. 그 불운했던 나날 동안의 일들은 비통함이나 절망을 위해 따로 마련된 내 머릿속 방에서 하나도 빠짐없이 재현되었지. 긴장한 듯 어색함이 느껴지던 당신 목소리, 신경질적으로 손가락을 움직이던 당신 모습, 당신이 내게 했던 신랄한 말들과 독기 서린 표현들 모두가 생각나는 거야. 우리가 함께 거닐었던 거리나 강가, 우리를 에워쌌던 벽이나 숲, 시곗바늘이 몇 시를 가리켰는지, 바람의 날개가 어디로 향했는지, 우리를 비추던 달의 모양과 색깔까지도.

The memory of our friendship is the shadow that walks with me here: that seems never to leave me: that wakes me up at night to tell me the same story over and over till its wearisome iteration makes all sleep abandon me till dawn: at dawn it begins again: it follows me into the prison-yard and makes me talk to myself as I tramp round: each detail that accompanied each dreadful moment I am forced to recall: there is nothing that happened in those ill-starred years that I cannot recreate in that chamber of the brain which is set apart for grief or for despair: every strained note of your voice, every twitch and gesture of your nervous hands, every bitter word, every poisonous phrase comes back to me: I remember the street or river down which we passed, the wall or woodland that surrounded us, at what figure on the dial stood the hands of the clock, which way went the wings of the wind, the shape and colour of the moon.

나는 알고 있어, 지금까지 내가 말한 모든 것에는 단 한 가지 답밖에 없다는 것을. 그건 당신이 나를 사랑했다는 거야. 운명의 여신들이 우리의 각기 다른 삶의 실로 단 하나의 진홍색 무늬를 짰던 이 년 반이라는 시간 내내, 당신은 나를 진정으로 사랑했던 거야. 그래, 난 당신이 나를 사랑했다는 걸 알아. 나에 대한 당신의 행동이 어떠했든, 나는 당신이 마음속으로 나를 진정으로 사랑한다는 걸 언제나 느끼고 있었어. 예술 세계에서의 내 지위, 나의 특별한 개성이 끊임없이 불러일으켰던 관심, 내 돈, 내가 영위했던 호화로운 삶, 내 삶을 그토록 매력적이고 그토록 근사하게 있을 법하지 않은 삶으로 만들어 주었던 수많은 것들, 그 모든 것 하나하나가 당신을 매혹하고 내게 매달리게 했지. 나는 그 사실을 아주 잘 알고 있었어. 그런데 이 모든 것들 말고도 내게는 기이하게 당신의 마음을 끌어당기는 무언가가 더 있었던 거야. 당신은 당신이 사랑했던 그 누구보다도 훨씬 많이 나를 사랑했어.

There is, I know, one answer to all that I have said to you, and that is that you loved me: that all through those two and a half years during which the Fates were weaving into one scarlet pattern the threads of our divided lives you really loved me. Yes: I know you did. No matter what your conduct to me was I always felt that at heart you really did love me. Though I saw quite clearly that my position in the world of Art, the interest my personality had always excited, my money, the luxury in which I lived, the thousand and one things that went to make up a life so charmingly, so wonderfully improbable as mine was, were, each and all of them, elements that fascinated you and made

you cling to me: yet besides all this there was
something more, some strange attraction for
you: you loved me far better than you loved
anybody else.

고통이 있는 곳에 신성한 땅이 존재하는 법이야. 언젠가는 당
신도 이 말이 무엇을 의미하는지 깨닫게 될 거야. 그러기 전까
지는, 당신은 인생에 대해 아무것도 모르는 거나 마찬가지야.
내 친구 로비와 그를 닮은 사람들은 내 말이 무엇을 의미하는
지 알 수 있지. 내가 두 명의 경관에게 붙들려 파산 법정으로
향할 때 음울하고 긴 복도에서 나를 기다리던 로비는, 수갑을
차고 고개를 숙인 채 자기 옆을 지나가던 나에게 엄숙하게 모
자를 들어 올려 경의를 표했어. 그의 감미롭고 단순한 몸짓 앞
에서, 그곳에 모여 있던 사람들은 모두 침묵을 지켰지. 인간은
그보다 더 작은 것으로도 천국에 갈 수 있었어. 바로 이런 정
신으로, 이런 사랑의 방식으로 성인들은 무릎을 꿇은 채 가난
한 이들의 발을 씻기고, 허리를 구부려 나환자의 뺨에 입을 맞
췄던 거야. 그 뒤로 나는 그가 했던 행동에 대해 단 한마디도
언급한 적이 없어. 지금까지도 난 내가 그의 행동을 의식했다
는 걸 그가 인식하고 있는지조차 알지 못해. 그가 내게 보여
준 행동은 형식적인 말 몇 마디로, 형식적인 감사 인사로 갚을
수 있는 종류의 것이 아니야. 나는 그것을 내 마음속 보물 창
고에 넣어 두었어. 아마도 내가 결코 갖지 못하리라 생각하면
서, 기쁜 마음으로 그곳에 비밀스러운 빚처럼 고이 간직해 둔
거야. 수많은 눈물로 이뤄진 몰약과 계피로 방부 처리해, 향

고통이 있는 곳에 신성한 땅이 존재하는 법이야.

기롭게 재워 둔 채 말이지. 지혜가 내게 아무 도움도 되지 못하고, 철학은 불모지와 같고, 내게 위안을 주고자 했던 이들의 격언이나 문구가 내 입속에서 티끌과 재처럼 서걱거릴 때, 조용히 침묵하던 그 작은 사랑의 행위에 대한 기억은 나를 위해 모든 연민의 우물을 막아 놓았던 봉인을 풀고, 사막을 장미처럼 활짝 꽃피우게 하며, 고독한 유배의 쓸쓸함에서 나를 끌어내 세상의 상처받고 망가진 위대한 영혼들과 조화를 이루게 했지.

Where there is Sorrow there is holy ground. Some day you will realize what that means. You will know nothing of life till you do. Robbie, and natures like his, can realize it. When I was brought down from my prison to the Court of Bankruptcy between two policemen, Robbie waited in the long dreary corridor, that before the whole crowd, whom an action so sweet and simple hushed into silence, he might gravely raise his hat to me, as handcuffed and with bowed head I passed him by. Men have gone to heaven for smaller things than that. It was in this spirit, and with this mode of love that the saints knelt down to wash the feet of the poor, or stooped to kiss the leper on the cheek. I have never said one single word to him about what he did. I do not know to the present moment whether he is aware that I was even conscious of his action. It is not a thing for which one can render formal thanks in formal words. I store it in the treasury-house of my heart. I keep it there as a secret debt that I am glad to think I can never possibly repay. It is embalmed and kept sweet by the myrrh and cassia of many tears. When Wisdom has been profitless to me, and Philosophy barren, and the proverbs and phrases of those who have sought to give me consolation as dust and ashes in my mouth, the memory of that little lowly silent act of Love has unsealed for me all the wells of pity, made the desert blossom like a rose, and brought me out of the bitterness of lonely exile into harmony with the wounded, broken and great heart of the world.

내 잘못은 당신과 헤어지지 않은 게 아니라, 당신과 너무 자주 헤어졌다는 거야.

My fault was, not that I did not part from you, but that I parted from you far too often.

예전엔 사람들이 내게 지나치게 개인주의적이라고들 했지. 지금 나는 그 어느 때보다도 훨씬 더한 개인주의자가 되어야만 해. 그리고 그 어느 때보다 나 자신으로부터 많은 것을 이끌어 내고, 그 어느 때보다 세상에 적게 요구해야만 해. 사실, 나의 몰락은 삶에 개인주의를 지나치게 요구해서가 아니라 너무 적게 요구한 데서 비롯된 거야. 내 삶에서 결코 용서받을 수 없으며, 두고두고 경멸할 만한 수치스러운 행위를 한 가지 꼽자면, 그건 당신 아버지로부터 나를 지켜 달라며 마지못해 사회에 도움과 보호를 요청했다는 거야.

People used to say of me that I was too individualistic. I must be far more of an individualist than I ever was. I must get far more out of myself than I ever got, and ask far less of the world than I ever asked. Indeed my ruin came, not from too great individualism of life, but from too little. The one disgraceful, unpardonable, and to all time contemptible action of my life was my allowing myself to be forced into appealing to Society for help and protection against your father.

나는 우리 시대의 예술과 문화와 상징적인 관계에 있던 사람이었어. 난 성년이 시작될 무렵 그 사실을 깨달았고, 그 후에 우리 시대로 하여금 그것을 깨닫게 했지. 살아 있는 동안 그런

위치를 차지하면서 그 사실을 인정받는 사람은 극히 드물어. 대개는 그 사람이 죽고 그의 시대가 한참 지난 뒤에야 역사가나 비평가에 의해 그런 사실이 밝혀지곤 하지. 그나마 밝혀질 수 있으면 다행이고. 그런데 내 경우는 전혀 그렇지 않았어. 나는 그 사실을 스스로 느꼈고, 그 후에 다른 사람들이 느끼게 만들었던 거야. 바이런 역시 상징적인 인물이었지. 하지만 그는 자신이 살던 시대의 열정과 열정에 뒤따르는 권태로움을 노래했을 뿐이야. 나와 우리 시대의 관계는 그보다 더 폭넓은 영역에 걸쳐 있는, 더 고귀하고 더 영속적이며 더 필수적인 것이었지.

I was a man who stood in symbolic relations to the art and culture of my age. I had realized this for myself at the very dawn of my manhood, and had forced my age to realize it afterwards. Few men hold such a position in their own lifetime and have it so acknowledged. It is usually discerned, if discerned at all, by the historian, or the critic, long after both the man and his age have passed away. With me it was different. I felt it myself, and made others feel it. Byron was a symbolic figure, but his relations were to the passion of his age and its weariness of passion. Mine were to something more noble, more permanent, of more vital issue, of larger scope.

난 오랫동안 이어진 무분별하고 관능적인 안락함 속으로 빠져들었지. 플라뇌르(여유롭게 거니는 사람), 댄디, 유행을 선도하는 사람이 되는 걸 즐겼던 거야. 내 주위에는 무미한 기질과 보잘것없는 재능을 가진 이들이 모여들었지. 나는 내 천재적인 재능을 헤프게 썼고, 영원한 젊음을 낭비하는 데에서 야릇한 즐거움을 느꼈어. 정상에 있는 게 지겨워진 나는 새로운 감각들을 찾아 의도적으로 깊은 구렁 속으로 내려갔던 거야. 열정의 영역에서 퇴폐는, 생각의 영역에서 역설(逆說)이 내게 의미하는 바와 같았지. 종국에는 욕망은 하나의 질병이나 광기, 혹은 그 둘 다가 되고 마는 거야. 난 점차 다른 이들의 삶을 소홀히 여기게 되었고, 내가 원하는 곳에서 즐거움을 취하는 삶을 계속 이어 갔어. 평범한 날의 사소한 모든 행위들이 한 인간을 형성할 수도, 해체할 수도 있고, 따라서 비밀스러운 방에서 행한 걸 언젠가는 지붕 꼭대기에서 큰 소리로 외쳐야 할지도 모른다는 걸 생각하지 못했지. 한마디로, 난 나 자신의 주인이기를 그만둔 거야. 나는 더 이상 내 영혼의 선장이 아니었고, 그 사실을 깨닫지도 못했지. 난 당신이 나를 지배하는 걸 허용했고, 당신 아버지가 나를 협박하도록 내버려 두었어. 그리고 결국 끔찍한 나락으로 떨어졌지. 이제 내게 남은 건 단 한 가지, 절대적인 겸손밖에 없어. 당신에게도 오직 한 가지, 절대적인 겸손밖에 남지 않은 것처럼. 당신이 이곳 먼지 속으로 걸어 들어와 내 곁에서 그것을 배울 수 있기를 바라.

I let myself be lured into long spells of senseless and sensual ease. I amused myself with being a *flâneur*, a dandy, a man of fashion. I surrounded myself with the smaller natures and the meaner minds. I became the spendthrift of my own genius, and to waste an eternal youth gave me a curious joy. Tired of being on the heights I deliberately went to the depths in the search for new sensations. What the paradox was to me in the sphere of thought, perversity became to me in the sphere of passion. Desire, at the end, was a malady, or a madness, or both. I grew careless of the lives of others. I took pleasure where it pleased me and passed on. I forgot that every little action of the common day makes or unmakes character, and that therefore what one has done in the secret chamber one has some day to cry aloud on the housetops. I ceased to be Lord over myself. I was no longer the Captain of my Soul, and did not know it. I allowed you to dominate me, and your father to frighten me. I ended in horrible disgrace. There is only one thing for me now, absolute Humility: just as there is only one thing for you, absolute Humility also. You had better come down into the dust and learn it beside me.

내가 같이 지내고 싶은 유일한 사람들은 예술가들과 고통을 겪은 사람들이다. 아름다움이 무엇인지 아는 사람들과 고통이 무엇인지 아는 사람들. 그 밖의 다른 사람들은 내게 어떤 흥미도 불러일으키지 못한다. 게다가 난 삶에 아무것도 바라지 않는다. 내가 말한 모든 것들 중에서 나는 전체로서의 삶에 대한 나의 정신적 태도에만 신경 쓸 뿐이다. 나는 나의 완성을 위해 도달해야 하는 첫 번째 단계 중 하나가, 내가 벌 받았다는 사실을 부끄러워하지 않는 것이라고 생각한다. 나는 매우 불완전한 존재이기 때문이다.

The only people I would care to be with now are artists and people who have suffered: those who know what Beauty is, and those who know what Sorrow is: nobody else interests me. Nor am I making any demands on Life. In all that I have said I am simply concerned with my own mental attitude towards life as a whole: and I feel that not to be ashamed of having been punished is one of the first points I must attain to, for the sake of my own perfection, and because I am so imperfect.

내가 처음 감옥에 수감되었을 때 어떤 이들은 내게 자신이 누군지 잊도록 노력하라고 충고했어. 아주 파괴적인 충고였지. 내가 누군가를 깨닫게 될 때에야 비로소 어떤 종류의 위안을 발견할 수 있기 때문이지. 그리고 이제 또 어떤 이들은 자유의 몸이 되면 내가 감옥에 있었다는 사실을 깨끗이 잊어버리라고 충고하곤 하지. 하지만 난 그러는 것 역시 나에겐 치명적이리라는 걸 잘 알아. 그건 곧, 견딜 수 없는 불명예에 대한 기억에 영영 시달려야 한다는 걸 의미하기 때문이지. 또한 다른 누구에게나 마찬가지로 내게도 소중한 것들 — 해와 달의 아름다움, 계절의 행렬, 새벽의 음악과 위대한 밤들의 침묵, 나뭇잎들 사이로 흘러내리는 빗물, 잔디 위로 살금살금 기어가며 잔디가 은빛을 띠게 하는 이슬 — 이 내겐 모두 어두운 기억으로 더럽혀지고, 그것들이 지닌 치유력과 기쁨을 전달하는 힘을 잃어버린다는 것을 의미하는 거야. 자신의 경험을 거부하는 것은 스스로의 발전을 저해하는 일이야. 자신의 경험을 부인하는 것은 자기 삶의 입술에 거짓을 부여하는 것이고. 그것은 자신의 영혼을 부인하는 것과 다를 바 없어.

When first I was put into prison some people advised me to try and forget who I was. It was ruinous advice. It is only by realizing what I am that I have found comfort of any kind. Now I am advised by others to try on my release to forget that I have ever been in a prison at all. I know that would be equally fatal. It would mean that I would be always haunted by an intolerable sense of disgrace, and that those things that are meant as much for me as for anyone else — the beauty of

the sun and the moon, the pageant of the
seasons, the music of daybreak and the silence
of great nights, the rain falling through the
leaves, or the dew creeping over the grass
and making it silver — would all be tainted
for me, and lose their healing power and
their power of communicating joy. To reject
one's own experiences is to arrest one's own
development. To deny one's own experiences
is to put a lie into the lips of one's own life. It is
no less than a denial of the Soul.

나는 매일같이 단테를 읽었어. 이탈리아어로, 하나도 빠짐없
이…… 내가 무엇보다 열심히 읽었던 건 그가 쓴 『신곡: 지옥
편』이었지. 어떻게 그걸 좋아하지 않을 수 있었겠는가? 그 이
유를 모르겠나? 우리가 있던 곳이 지옥이었기 때문이지. 감옥
이 곧 지옥이었던 거야.

I read Dante every day, in Italian, and all
through…… It was his *Inferno* above all that
I read; how could I help liking it? Cannot you
guess? Hell, we were in it — Hell, that was prison.

감옥에서의 삶은 사람과 사물을 있는 그대로 보게 한다네. 그

래서 감옥에 있다 보면 사람이 돌이 되어 버리는 거야.

Prison life makes one see people and things
as they really are. That is why it turns one to
stone.

레딩 감옥의 한 간수에게 남긴 메모 중에서.

나는 감옥에서의 삶에 관한 글을 써서, 다른 사람들을 위해 그
것을 변화시킬 수 있기를 바랍니다. 하지만 그곳에서의 삶은
예술 작품이 되기엔 너무나 끔찍하고 추합니다. 난 그 속에서
너무 많은 고통을 겪은 탓에, 그것에 관한 극작품을 쓰지는 못
할 것 같습니다.

I hope to write about prison life and try to
change it for others, but it is too terrible and
ugly to make a work of art of. I have suffered
too much in it to write plays about it.

내가 당신이라면, 누군가가 가식적인 것들 때문에 나를 사랑
하는 걸 원하지 않았을 거야. 누구라도 자신의 삶을 세상에 드
러내 보여 줘야 할 이유는 없어. 세상은 어차피 아무것도 이
해하지 못하니까. 하지만 자기가 애정을 가지고 있는 사람들
의 경우에는 얘기가 달라지지. 예전에 언젠가 나와 아주 가까

감옥에서의 삶은 사람과 사물을 있는
그대로 보게 한다네. 그래서 감옥에 있다
보면 사람이 돌이 되어 버리는 거야.

운 친구 ── 십 년 동안 알고 지낸 친구 ── 가 나를 보러 와서
는 이런 말을 한 적이 있어. 자기는 세상 사람들이 나에 대해
하는 나쁜 말들을 한마디도 믿지 않으며, 나를 완전히 결백한
사람으로, 당신 아버지가 꾸민 비열한 흉계의 희생자라고 생
각하고 있음을 내가 알아줬으면 한다고 말이지. 나는 그의 말
에 울음을 터뜨리면서 이렇게 말했어. 당신 아버지의 결정적
인 비난 가운데는 사실이 아닌 것들과 역겨운 적의에 의해 내
게 전가된 것들이 많은 건 사실이지만, 내 삶이 비뚤어진 쾌락
들과 기이한 열정들로 가득했던 것 또한 사실이라고. 그러니
그가 그 사실을 나에 대한 기지의 사실로 받아들이고 그것을
충분히 이해하지 않는다면 나는 더 이상 그의 친구가 될 수 없
고, 그와 어울릴 수도 없다고 말했지. 그는 내 말을 듣고 엄청
난 충격을 받았지만 우린 여전히 친구로 남았어. 나는 가식으
로 그의 우정을 구하지 않았던 거야. 당신에게도 말했듯이, 진
실을 말하는 것은 고통을 동반하는 법이야. 하지만 거짓을 말
하도록 강요받는 것은 더욱더 고통스러운 일이지.

If I were you, in fact, I would not care about
being loved on false pretences. There is no
reason why a man should show his life to the
world. The world does not understand things.
But with people whose affection one desires to
have it is different. A great friend of mine ── a
friend of ten years' standing ── came to see
me some time ago and told me that he did not
believe a single word of what was said against

me, and wished me to know that he considered me quite innocent, and the victim of a hideous plot concocted by your father. I burst into tears at what he said, and told him that while there was much amongst your father's definite charges that was quite untrue and transferred to me by revolting malice, still that my life had been full of perverse pleasures and strange passions, and that unless he accepted that fact as a fact about me and realized it to the full, I could not possibly be friends with him any more, or ever be in his company. It was a terrible shock to him, but we are friends, and I have not got his friendship on false pretences. I have said to you that to speak the truth is a painful thing. To be forced to tell lies is much worse.

나는 스스로에게 거듭 되뇌어야 해. 당신이나 당신 아버지 같은 이들은, 설사 그 수가 천배나 많아지더라도, 결코 나 같은 사람을 파멸시킬 수 없을 거라고. 나를 파멸시킨 것은 바로 나 자신이며, 위대하거나 하찮은 누구라도 자신이 아닌 다른 누군가에 의해 파멸에 이를 수는 없는 거라고. 나는 이 말을 마음에 깊이 새길 준비가 되어 있고, 지금도 그러려고 노력하는 중이야. 지금으로서는 내 말을 믿기 힘들지 모르겠지만. 내가 당신을 가차 없이 비난한 게 사실이라면, 나 스스로에게는 어떤 가혹한 비난을 가했는지를 생각해 봐. 당신이 내게 한 짓이 잔인했다면, 내가 나 자신에게 한 짓은 훨씬 더 잔인했다는 걸 잊지 말기를.

I must say to myself that neither you nor your father, multiplied a thousand times over, could possibly have ruined a man like me: that I ruined myself: and that nobody, great or small, can be ruined except by his own hand. I am quite ready to do so. I am trying to do so, though you may not think it at the present moment. If I have brought this pitiless indictment against you, think what an indictment I bring without pity against myself. Terrible as what you did to me was, what I did to myself was far more terrible still.

이곳에 나와 함께 수감된 불쌍한 도둑이나 부랑자 들은 여러 가지 면에서 나보다 운이 좋은 사람들이야. 잿빛 도시나 초원에서 그들의 죄를 목격한 조그만 구역은 그 범위가 아주 작아. 그들이 무슨 짓을 저질렀는지 전혀 알지 못하는 사람들을 찾으려면, 새가 새벽 어스름과 새벽 사이에 날아갈 수 있는 거리 이상으로 나아갈 필요도 없어. 하지만 내게 "세상은 손바닥만큼이나 줄어들어 있지." 그리고 내가 돌아보는 곳마다 바위에 내 이름이 납으로 새겨져 있어. 나는 무명의 존재였다가 범죄를 저질러 일시적으로 악명을 얻은 것이 아니라, 영원할 것 같은 명성을 누리다가 영원한 불명예를 얻었기 때문이지. 때로는 내가 명성과 악명은 단 한 걸음 차이라는 것을 보여 주었다는 — 그런 걸 보여 줄 필요가 있는지 모르겠지만 — 생각이 들어.

The poor thieves and outcasts who are imprisoned here with me are in many respects more fortunate than I am. The little way in grey city or green field that saw their sin is small: to find those who know nothing of what they have done they need go no further than a bird might fly between the twilight before dawn and dawn itself: but for me "the world is shrivelled to a hand's breadth", and everywhere I turn my name is written on the rocks in lead. For I have come, not from obscurity into the momentary notoriety of crime, but from a sort of eternity of fame to a sort of eternity of infamy, and sometimes seem to myself to have shown, if indeed it required showing, that between the famous and the infamous there is but one step.

내가 여기에서 나간 후에 한 친구가 파티를 열어 나를 초대하지 않는다 해도 난 조금도 서운해하지 않을 거야. 나는 혼자서도 얼마든지 행복할 수 있어. 자유와 책과 꽃과 달이 있는데 어떻게 행복하지 않을 수 있겠어? 게다가 이제 파티 같은 것은 내 몫이 아니야. 그런 건 이미 신물이 날 만큼 경험해 본 터라 더 이상 아무런 흥미도 없어. 이제 내겐 그런 식의 삶은 완전히 끝났어. 아주 다행스럽게도 말이지. 하지만 여기서 나간 후에 어떤 친구가 슬픔에 처했는데 그 슬픔을 나와 함께 나누기를 거부한다면, 그때는 정말 더없이 씁쓸하게 느껴질 것 같아. 만약 그 친구가 내게 애도의 집의 문을 닫아 버린다면, 나는 몇 번이고 다시 돌아가 들어가게 해 달라고 애원할 거야, 내가 같이 나눌 자격이 있는 것을 함께 나눌 수 있도록. 만약 그가 나를 자신과 함께 눈물 흘릴 자격이 없고, 그러기에 적절하지 않은 존재로 여긴다면, 나는 그 사실을 가장 사무치는 수치이자 가장 끔찍한 방식으로 내게 가해진 불명예로 여기게 될 거야. 하지만 그건 있을 수 없는 일이야. 나는 고통을 나눌 자격을 갖추고 있기 때문이지. 세상의 아름다움을 관조하고, 세상의 고통을 함께 나누면서 그 둘의 경이로움을 조금이라도 깨달을 수 있는 사람은 신성한 것들과 직접적으로 접촉하면서, 그 누구보다 신의 비밀에 가까이 다가가는 사람이라고 볼 수 있어.

If after I go out a friend of mine gave a feast, and did not invite me to it, I shouldn't mind a bit. I can perfectly happy by myself. With freedom, books, flowers, and the moon, who could not be happy? Besides, feasts are not for me any more. I have given too many to care about them. That side of life is over for me, very fortunately I dare say. But if, after I go out, a friend of mine had a sorrow, and refused to allow me to share it, I should feel it most bitterly. If he shut the doors of the house of mourning against me I would come back again and again and beg to be admitted, so that I might share in what I was entitled to share in. If he thought me unworthy, unfit to weep with him, I should feel it as the most poignant humiliation, as the most terrible mode in which disgrace could be inflicted on me. But that could not be. I have a right to share in Sorrow, and he who can look at the loveliness of the world, and share its sorrow, and realize something of the wonder of both, is in immediate contact with divine things, and has got as near to God's secret as anyone can get.

나는 죽음에 대한 공포와 더불어, 그보다 훨씬 더 큰 삶에 대한 공포를 느낀다.

I have the horror of death with the still greater horror of living.

원즈워스 교도소에서.

난 얼마든지 인내할 수 있다. 인내는 미덕이기 때문이다. 하지만 당신들이 여기서 원하는 것은 인내가 아니라 무감각이다. 그리고 무감각은 악덕이다.

I could be patient, for patience is a virtue. It is not patience, it is apathy you want here, and apathy is a vice.

감옥에 유령들이 출몰한다고 믿는 한 동료 재소자에게 한 말.

꼭 그렇지만은 않습니다. 감옥에는 보존해야 할 오랜 전통 같은 게 없거든요. 유령들을 보려면 성으로 가야 합니다. 거기 사람들은 가문의 보석들과 함께 유령들을 물려받거든요!

Not necessarily so. You see, prisons have no ancient tradition to keep up. You must go to some castle to see ghosts, where they are inherited along with the family jewels!

난 천국엔 가고 싶지 않다. 거기엔 내 친구들이 아무도 없다.

I don't want to go to heaven. None of my

friends are there.

당신은 언제나 나를 좋아할 것이다. 난 당신이 저지를 용기조차 한번도 내 보지 못했던 모든 죄악을 상징하기 때문이다.

You will always be fond of me. I represent to you all the sins you never had the courage to commit.

이런 새로운 삶은 물론 전혀 새로운 삶이 아니야. 단지 발전과 진화를 통한 내 예전 삶의 연장일 뿐이지. 옥스퍼드에 다닐 때 어떤 친구에게 이런 말을 했던 기억이 나. 나는 세상의 정원에 있는 모든 나무들의 과일을 먹고 싶고, 마음속에 그런 열정을 품고 세상으로 나갈 거라고. 그리고 실제로 그렇게 세상 속으로 걸어 들어갔고, 그렇게 살았지. 나의 유일한 잘못은, 오직 정원의 양지쪽에서 자라난 것 같은 나무들에만 관심을 갖고, 어둠과 우울함이 느껴지는 또 다른 쪽의 나무들을 외면했다는 거야. 실패, 실추, 빈곤, 슬픔, 절망, 고통, 심지어 눈물조차도. 고통의 입술에서 흘러나오는 부서진 말들. 자신을 가시밭길로 걷게 하는 회한. 자신을 단죄하는 양심. 자신을 벌하는 겸비(謙卑). 머리를 재로 뒤덮이게 하는 빈곤. 스스로 거친 삼베옷을 입고 자신의 술에 쓸개즙을 타 마시게 하는 절망감. 나는 이 모든 것들이 두려웠어. 그래서 그것들을 모두 외면하기로 마음먹었기 때문에, 그 각각을 차례로 맛보도록 강요당하고, 그것들로 먹고살고, 한 계절 내내 오직 그것들만 먹어야 했던 거야. 나는 즐거움을 추구하며 살았던 걸 단 한순간도 후회해 본 적이 없어. 무언가를 할 때는 언제나 전력을 다해야 하는 것처럼, 나는 전력을 다해 그런 삶을 살았지. 나는 이 세상에 존재하는 즐거움은 모조리 경험해 보았어. 나는 내 영혼의 진주를 포도주 잔 속으로 던져 버렸던 거야. 플루트 소리에 맞춰 환락의 꽃길을 따라 내려갔고, 달콤한 꿀을 음미하며 살았어. 하지만 똑같은 삶을 계속 사는 건 나에게 한계를 짓는 일이 되었을 거야. 나는 앞으로 계속 나아가야만 했어. 정원의 또 다른 반쪽도 나를 위한 비밀을 간직하고 있었기 때문이지.

This new life is, of course, no new life at all, but simply the continuance, by means of development, and evolution, of my former life. I remember when I was at Oxford saying to one of my friends that I wanted to eat of the fruit of all the trees in the garden of the world, and that I was going out into the world with that passion in my soul. And so, indeed, I went out, and so I lived. My only mistake was that I confined myself so exclusively to the trees of what seemed to me the sungilt of the garden, and shunned the other side for its shadow and its gloom. Failure, disgrace, poverty, sorrow, despair, suffering, tears even, the broken words that come from the lips of pain, remorse that makes one walk in thorns, conscience that condemns, self-abasement that punishes, the misery that puts ashes on its head, the anguish that chooses sackcloth for its raiment and into its own drink puts gall—all these were things of which I was afraid. And as I had determined to know nothing of them, I was forced to taste each one of them in turn, to feed on them, to have for a season, indeed, no other food at all. I don't regret for a single moment having lived for pleasure. I did it to the full, as one should do everything that one does to the full. There was no pleasure I did not experience. I threw the pearl of my soul into a cup of wine. I went down the primrose path to the sound of flutes. I lived on honeycomb. But to have continued the same life would have been wrong because it would have been limiting. I had to pass on. The other half of the garden had its secrets for me also.

어리석음과 도덕성 말고 나를 고통스럽게 하는 것은 아무것도 없다.

Nothing pains me except stupidity and morality.

"그렇다면 그 말은, 예술가는 결코 성공해서는 안 된다는 뜻인가요?"

"우연히 그럴 수는 있지만 결코 의도적으로 그래서는 안 된다는 말입니다. 성공한 예술가는 불완전할 수밖에 없기 때문입니다. 예술가의 사명은 완전한 삶을 사는 것입니다. 예술가는 성공을 하나의 에피소드로, 실패는 현실적이면서 궁극적인 목적으로 살아 내야 합니다."

"But do you mean no artists are successful?"

"Incidentally; never intentionally. If they are, they remain incomplete. The artist's mission is to live the complete life: success, as an episode; failure, as the real, the final end."

코클랭(프랑스 배우): 미스터 와일드, 문명이 뭐라고 생각하십니까?

오스카 와일드: 아름다움에 대한 사랑입니다.

코클랭: 그럼 아름다움은 무엇인가요?

오스카 와일드: 부르주아들이 추하다고 하는 것입니다.

코클랭: 그럼 부르주아들은 어떤 걸 아름답다고 하죠?

오스카 와일드: 그런 건 존재하지 않습니다.

COQUELIN: What is civilization, Mr Wilde?

OSCAR WILDE: Love of Beauty.

COQUELIN: And what is beauty?

OSCAR WILDE: That which the bourgeois call ugly.

COQUELIN: And what do the bourgeois call beautiful?

OSCAR WILDE: It does not exist.

와일드의 집을 방문한 한 친구는 와일드의 두 아들 중 하나가 그를 "나의 좋은 아빠."라고 부르는 것을 보았다. 와일드는 아들의 머리를 쓰다듬으면서 이렇게 말했다. "그렇게 부르지 말려무나. 너무 존경스럽게 들리잖니."

While visiting him at home, a friend watched one of Wilde's two sons address him as "my good papa." Wilde patted the boy and said, "Don't call me that. It sounds so respectable."

나는 간밤에 아이들에게, 말을 안 들어서 엄마를 울게 하는 사내아이들에 대한 이야기를 들려주었어. 그들이 더 착해지지 않으면 어떤 무서운 일이 일어날지 말해 주었지. 그런데 두 아들 중 한 놈이 뭐라고 했는지 아나? 녀석이 내게 묻기를, 다음날 새벽까지 집에 들어오지 않아서 엄마를 더 큰 소리로 울게 만드는 나쁜 아빠는 어떤 벌을 받느냐는 거야!

I was telling them(his two sons) stories last

night of little boys who were naughty and made their mother cry, and what dreadful things would happen to them unless they became better; and what do you think one of them answered? He asked me what punishment could be reserved for naughty papas, who did not come home till the early morning, and made their mother cry far more!

와일드는 그의 아들 시릴에게 착한 아이가 되게 해 달라고 하느님에게 청하도록 설득할 수 없었다. 시릴은 착해지고 싶어 하지 않았다. 어째서 자신이 원하지 않는 것을 위해 기도를 해야 하는가? 와일드가 그 이유를 거듭 설명하자 시릴은 하나의 대안을 제시했다. 그 대신에 그의 어린 동생이 착한 아이가 되게 해 달라고 하느님께 청하면 되지 않겠는가. 와일드는 사람들에게 이 이야기를 즐겨 들려주었다. 그는 이 이야기가 우리 자신보다 다른 사람들을 개심시키는 게 훨씬 쉽다는 사실을 정확하게 짚고 있다고 생각했다.

Wilde couldn't get his son Cyril to ask God to make him good. He didn't *want* to be good, said the obstinate boy. Why pray for something he didn't want? When Wilde pressed the point, Cyril suggested an alternative: he'd ask God to make his baby brother good. Wilde loved recounting this story. He thought it made perfectly the point that we'd much rather reform others than ourselves.

한 남자가 와일드의 어깨를 툭 치면서 "잘 지내나, 오스카!" 라고 인사를 건넸다.

"얼굴은 기억나지 않지만," 와일드가 그에게 쏘아붙였다. "당신 매너는 낯익군요."

A man greeted Wilde by saying "Hello, Oscar!" while slapping him on the shoulder.

"I don't know you by sight", Wilde told the shoulder-slapper, "but your manner is familiar."

와일드가 재판을 받는 동안 그의 이름은 런던의 신문들과 광고 전단들을 도배하다시피 했다. "마침내," 그들이 문제의 광고 전단을 지나치던 중에 로버트 셰라드가 조심스럽게 말했다, "당신 이름이 사람들의 머릿속에 또렷이 각인됐겠네요."

"이젠 그 누구도 내 이름을 들어 본 적이 없다고 말하진 못하겠죠." 와일드는 고개를 끄덕이며 쓸쓸한 웃음을 지어 보였다.

During his trials, Wilde's name dominated London newspapers and their advertising placards. "Well", suggested Robert Sherard as they passed such a placard, "you have got your name before the public at last."

"Nobody can pretend now not to have heard of it," agreed Wilde with a rueful laugh.

내가 가장 존경했던 세 명의 여성은 빅토리아 여왕, 사라 베른 하르트 그리고 릴리 랭트리다. 난 그들 중 누구하고도 기꺼이 결혼했을 것이다. 빅토리아 여왕은 위엄이 넘쳤고, 사라 베른 하르트는 사랑스러운 목소리를 지녔으며, 릴리 랭트리는 얼굴이 완벽했다.

The three women I have most admired are Queen Victoria, Sarah Bernhardt and Lily Langtry. I would have married anyone of them with pleasure. The first had great dignity, the second a lovely voice, the third a perfect figure.

감옥에 수감된 후 와일드는 파산 문제 때문에 법정으로 되돌아간 적이 있었다. 호송되는 동안 그는 또 다른 죄수 두 명과 함께 묶여 수갑을 찬 채 빗속에 서 있어야 했다. "교도관님." 영국에서 가장 유명한 죄수가 교도관에게 말을 건넸다. "빅토리아 여왕이 자신의 죄수들을 이런 식으로 다룬다면 여왕은 어떤 죄수도 가질 자격이 없습니다."

After his imprisonment, Wilde was returned to court on bankruptcy charges. While being transported he was made to stand outside in the rain, handcuffed to two other prisoners. "Sir", England's most famous convict told a prison official accompanying them, "if this is the way Queen Victoria treats her convicts she doesn't deserve to have any."

세금 징수원: 세금 때문에 찾아왔습니다.

오스카 와일드: 세금이라고요! 내가 왜 세금을 내야 하죠?

세금 징수원: 왜라뇨, 선생님은 여기 세대주가 아닌가요? 여기서 살고, 여기서 잠을 자지 않습니까.

오스카 와일드: 네, 그렇긴 하죠. 하지만 그게 말이죠, 난 잠을 몹시 설치거든요.

A TAX COLLECTOR: I have called about the taxes.

OSCAR WILDE: Taxes! Why should I pay taxes?

A TAX COLLECTOR: But, sir, you are the householder here, are you not? You live here, you sleep here.

OSCAR WILDE: Ah, yes; but then, you see I sleep so badly.

(길버트와 설리번의) 윌리엄 길버트는 한 디너파티에서 와일드를 만났다. 늘 그렇듯이 와일드는 그의 이야기와 재치로 모임을 주도했다. "나도 자네처럼 이야기를 잘했으면 좋겠네." 드물게 쉬는 시간에 길버트가 말했다. "차라리 입을 다물고, 그러는 게 미덕이라고 주장하는 편이 낫겠어!"

"오! 그건 이기적인 거야." 와일드가 반박했다. "난 나 자신에게 말하는 즐거움을 금할 수는 있지만, 다른 사람들에게서 듣는 즐거움을 빼앗을 수는 없단 말이지."

William Gilbert(of Gilbert and Sullivan) met Wilde at a dinner party. As usual, Wilde dominated the gathering with his stories and wit. "I wish I could talk like you," said Gilbert during a rare pause. "I'd keep my mouth shut and claim it as a virtue!"

"Ah! that would be selfish," responded Wilde. "I could deny myself the pleasure of talking, but not to others the pleasure of listening."

옥스퍼드를 떠나온 지 얼마 되지 않았을 때 와일드는 한 친구와 런던의 어떤 극장 앞을 걷고 있었다. 두 사람은 한 행인이 지나가며 이렇게 말하는 소리를 들었다. "저기 가는 치가 바로 그 멍청하기로 소문난 오스카 와일드잖아."

그 말을 들은 와일드는 이렇게 논평했다.

"이렇게나 빨리 알려지다니 런던이라는 데는 정말 놀라운 곳이 아닌가."

Not long after leaving Oxford, Wilde walked with a friend outside a London theater. Both heard a passerby remark, "There goes that bloody fool Oscar Wilde."

"It's extraordinary how soon one gets known in London," observed Wilde.

와일드는 자신이 양귀비나 백합꽃을 손에 들고 런던 거리를 어슬렁거린다는 소문을 부인했지만, 단지 그랬을 것이라는 추정만으로도 그의 명성은 더욱 높아졌다. "그건 누구나 할 수 있는 거야." 그는 자기가 꽃을 들고 다닐 정도로 숭배한다는 소문에 대해 이렇게 설명했다. "내가 한 것 중에 정말로 대단하고 어려운 일이 뭔 줄 알아? 그건, 온 세상 사람들로 하여금 내가 그렇게 했다고 믿게 만든 거야."

Although Wilde denied that he'd ever strolled about London clutching a poppy or lily, the assumption that he did only added to his renown. "Anyone could have done that," he explained of the ambulatory flower worship attributed to him. "The great and difficult thing was what I achieved — to make the whole world believe that I had done it."

런던의 카페 루아얄에서 열린 문인들의 모임에서 리처드 르 갈리엔의 저서 『문인의 종교』로 화제가 옮겨 갔다. 그 자리에 있던 한 출판업자는 르 갈리엔이 자신의 종교관을 독자들에게 감히 강요하려 했다면서 시인에게 맹비난을 퍼부었다. "이 보게, 친구." 와일드가 말했다. "물론 르 갈리엔은 전적으로 옳다네. 어떻게 자넨 그토록 시대에 뒤떨어질 수 있나! 오늘날 문인에게 종교란, 오로지 그와 그의 독자들 사이의 문제라는 걸 자네도 잘 알지 않는가 말이야."

During a literary gathering at London's Café Royal, talk turned to Richard Le Gallienne's book *The Religion of a literary Man*. A publisher present blasted this poet for presuming to subject readers to his views on religion. "My dear fellow," said Wilde, "of course Le Gallienne is quite right. How far you are behind the times! Surely you know that nowadays the religion of a literary man is an affair strictly between himself…… and his public."

나의 비뚤어진 열정과 왜곡된 로맨스의 기록은 수많은 주홍색 책들을 채울 수 있으리라.

My record of perversities of passion and

distorted romances would fill many scarlet
volumes.

나는 감옥에 갔던 일을 조금도 부끄럽게 생각하지 않는다. 내
가 엄청 수치스럽게 여기는 것은 나를 그곳으로 이끈 물질주
의적 삶이다. 그것은 예술가에겐 전혀 어울리지 않는 삶이었
기 때문이다.

I am not a scrap ashamed of having been
in prison. I am horribly ashamed of the
materialism of the life that brought me there. It
was quite unworthy of an artist.

오스카 와일드: 아주 끔찍한 꿈을 꿨어. 내가 죽은 사람들이랑
식사를 하고 있었다고.
레지널드 터너: 오스카, 자넨 분명 그 파티에서 가장 빛나는
사람이었을 걸세.

OSCAR WILDE: I have had a dreadful dream. I
dreamt that I was dining with the dead.
REGINALD TURNER: My dear Oscar, I am sure
you were the life and soul of the party.

오스카 와일드가 죽기 직전 마지막으로 남긴 말들로 잘못 알려진 아래의 문장들은, 사실은 와일드가 죽기 며칠 전에 했던 말이다. 그의 임종을 지킨 절친한 친구 로버트 로스에 의하면, 와일드는 죽기 몇 시간 전부터 반(半)혼수상태에 빠져 있다가 마지막으로 깊은 한숨을 내쉬고는 세상을 떠났다고 한다.

나는 지금까지 살아온 것처럼 분에 넘치게 죽어 갑니다.

I shall have to die, as I have lived, beyond my means.

난 지금 벽지와 사투를 벌이고 있습니다. 우리 둘 중 하나는 떠나야 합니다.

My wallpaper and I are fighting a duel to the death. One or the other of us has to go.

오스카 와일드가 투병 중일 때 로버트 로스에게 했던 말.

"아, 로비, 우리가 죽어서 반암의 무덤에 누워 있을 때/ 최후의 심판을 알리는 나팔 소리가 울리면,/ 나는 몸을 돌려 자네에게 속삭이겠네./ '로비, 로비, 우린 저 소리를 못 들은 체하세.'라고."

"Ah, Robbie, when we are dead and buried in our porphyry tombs/ and the trumpet of the Last Judgment is sounded,/ I shall turn and whisper to you/ 'Robbie, Robbie, let us pretend we do not hear it.'"

페르 라셰즈 묘지에 있는 오스카 와일드 무덤의 묘비명. 그의 마지막 작품 『레딩 감옥의 발라드(The Ballad of Reading Gaol)』속의 한 구절이다.

"낯선 이들의 눈물이 그를 위해 채우리라/ 오래전에 깨어진 연민의 항아리를,/ 그의 조문객들은 배척당한 이들일 것이며,/ 배척당한 이들은 언제나 애도하리니."

"Alien tears will fill for him/ Pity's long-broken urn,/ For his mourners will be outcast men,/ And outcasts always mourn."

2　오스카 와일드의
산문시:

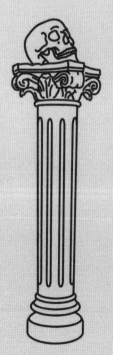

「제자」, 「예술가」, 「선행가」

제자(일부)

나르키소스가 죽자, 들판의 꽃들은 몹시 슬퍼하면서 강물에게 그를 애도하기 위한 물방울을 달라고 청했어요. 그러자 강물은 이렇게 대답했어요. "그럴 수 없어요. 내 물방울들이 모두 눈물이 된다면, 내가 나르키소스를 애도하는 데 필요한 물이 부족해질 거예요. 난 그를 사랑했어요." 그러자 들판의 꽃들이 말했어요. "아! 어떻게 나르키소스를 사랑하지 않을 수 있었겠어요? 그렇게 아름다운 청년을 말이에요.", "그가 아름다웠나요?" 강물이 물었어요. "누가 그걸 당신보다 잘 알 수 있을까요? 그는 매일 당신 기슭에서 몸을 숙여 당신 물속에 자신의 아름다운 모습을 비춰 보았는걸요." 그러자 강물이 대답했어요. "내가 그를 사랑했던 것은, 그가 내 위로 몸을 숙일 때마다 그의 눈 속에 비친 내 모습을 볼 수 있었기 때문이랍니다."

The Disciple

When Narcissus died, the flowers of the

field were desolate and asked the river for some drops of water to weep for him. "Oh!" answered the river, "if all my drops of water were tears, I should not have enough to weep for Narcissus myself. I loved him." "Oh!" replied the flowers of the field, "how could you not have loved Narcissus? He was beautiful." "Was he beautiful"? said the river. "And who should know better than you? Each day, leaning over your bank, he beheld his beauty in your waters." "If I loved him," replied the river, "it was because, when he leaned over my waters, I saw the reflection of my waters in his eyes."

내가 그를 사랑했던 것은, 그가 내 위로 몸을
숙일 때마다 그의 눈 속에 비친 내 모습을 볼
수 있었기 때문이랍니다.

예술가(일부)

옛적에 청동으로만 생각할 수 있는 한 남자가 있었습니다. 어느 날 문득 그에게 어떤 생각이 떠올랐습니다. 즐거움, 한순간 머무르는 즐거움에 대한 생각이었습니다. 그는 그것을 말해야만 한다고 느꼈습니다. 하지만 이 세상에는 더 이상 한 조각의 청동도 남아 있지 않았습니다. 인간들이 모두 써 버렸기 때문이지요. 남자는 자신의 생각을 이야기하지 않으면 미쳐 버릴 것 같았습니다. 그는 자기 아내의 무덤 위에 있는 한 덩어리의 청동을 떠올렸습니다. 그가 유일하게 사랑했던 여자인 아내의 무덤을 장식하기 위해 직접 만든 조각상이었습니다. 그것은 슬픔의 조각상이었습니다. 영원히 지속되는 슬픔의 조각상이었죠. 남자는 자신의 생각을 이야기하지 않으면 미쳐 버릴 것 같았습니다. 그리하여 그는 그 슬픔의 조각상, 영원히 지속되는 슬픔의 조각상을 가져와 부서뜨려 불에 녹였습니다. 그리고 그것으로 한순간만 머무르는 즐거움의 조각상을 만들었습니다.

영원히 지속되는 슬픔의 조각상을 가져와
부서뜨려 불에 녹였습니다. 그리고
그것으로 한순간만 머무르는 즐거움의
조각상을 만들었습니다.

The Artist

There was a man who could think only in bronze. And one day this man had an idea, the idea of joy, of the joy which dwells in the moment. And he felt that he had to tell it. But in all the world, not a single piece of bronze was left; for men had used it all. And this man felt that he would go mad if he did not tell his idea. And he thought about a piece of bronze on the grave of his wife, of a statue he had made to ornament the tomb of his wife, the only woman he had loved; it was the statue of sadness, of the sadness which dwells in life. And the man felt that he would go mad if he did not tell his idea. So he took the statue of sadness, of *the sadness which dwells in life*; he smashed it, he melted it down, and he made of it the statue of joy, of *the joy which dwells only in the moment.*

선행가

밤이었고, 그는 혼자였다.

그는 멀리서 한 원형 도시의 성벽을 알아보고는 도시를 향해 갔다.

가까이 다가갔을 때 그는 도시 안쪽에서 나는 즐거움의 발소리와 기쁨의 입에서 흘러나오는 웃음소리와 많은 류트들이 내는 요란한 소리를 들었다. 그가 성문을 두드리자 문지기 몇 사람이 성문을 열어 주었다.

그는 앞쪽에 근사한 대리석 기둥들이 서 있는, 대리석으로 만든 집을 바라보았다. 기둥들마다 화환이 걸려 있고, 집 안팎으로 삼나무 횃불이 타오르고 있었다. 그는 집 안으로 들어갔다. 옥수(玉髓) 홀과 벽옥 홀을 지나 기다란 연회장에 이른 그는 머리에 붉은 장미 화관을 쓰고 입술이 포도주로 붉게 물든 한 남자가 물빛 자주색 침상에 누워 있는 것을 보았다.

예수는 그 남자 뒤로 가서 그의 어깨를 만지며 물었다. "그대는 어찌하여 이렇게 사는가?"

그러자 뒤를 돌아본 젊은 남자는 그를 알아보고 이렇게 대답

밤이었고, 그는 혼자였다.

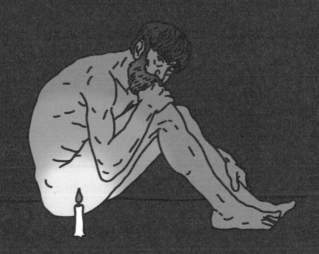

했다. "저는 한때 나환자였는데 당신이 저를 낫게 해 주셨지요. 그런데 제가 달리 어떻게 살아야 합니까?"

그는 그 집을 나와 다시 길을 갔다.

그리고 잠시 후 그는 짙은 화장과 화려한 옷차림을 하고 진주로 만든 신발을 신은 한 여인을 보았다. 그런데 두 가지 색의 외투를 입은 한 젊은 사내가 사냥꾼처럼 느릿느릿 그녀 뒤를 따라가고 있었다. 여인의 얼굴은 우상의 아름다운 얼굴을 닮았고, 젊은 사내의 눈은 욕정으로 이글거렸다.

예수는 재빨리 젊은 사내의 뒤를 따라가 그의 손을 만지며 물었다. "어찌하여 넌 이 여인을 그런 식으로 바라보느냐?"

뒤를 돌아본 젊은 사내는 그를 알아보고 말했다. "저는 한때 눈이 멀었었는데 당신이 제 눈을 뜨게 해 주셨지요. 그런데 제가 달리 무엇을 바라봐야 합니까?"

예수는 앞으로 달려가 여인의 화려한 옷을 만지며 말했다. "죄악의 길이 아닌 다른 길을 갈 수는 없는 것이냐?"

뒤를 돌아본 여자는 그를 알아보고 웃으며 말했다. "당신이 저의 죄를 사해 주셨잖아요. 그리고 이 길은 쾌락의 길인 걸요."

그는 도시 밖으로 나왔다.

도시를 벗어날 때 그는 한 젊은 남자가 길가에 앉아 울고 있는 것을 보았다.

예수는 그에게 다가가 그의 긴 머리카락을 만지며 물었다. "그대는 어째서 울고 있는가?"

고개를 들어 그를 알아본 젊은 남자는 이렇게 대답했다. "저는 한때 죽었었는데 당신이 죽은 자들 가운데서 저를 되살려놓지 않았습니까. 그러니 우는 것 말고 제가 달리 무엇을 할수 있겠습니까?"

The Doer of Good

It was night-time and He was alone.

And He saw afar-off the walls of a round city
and went towards the city.

And when He came near He heard within the
city the tread of the feet of joy, and the laughter
of the mouth of gladness and the loud noise of
many lutes. And He knocked at the gate and
certain of the gate-keepers opened to Him.

And He beheld a house that was of marble and
had fair pillars of marble before it. The pillars
were hung with garlands, and within and
without there were torches of cedar. And He
entered the house.

And when He had passed through the hall of
chalcedony and the hall of jasper, and reached
the long hall of feasting, He saw lying on
a couch of sea-purple one whose hair was
crowned with red roses and whose lips were
red with wine.

And He went behind him and touched him on
the shoulder and said to him, "Why do you live
like this?"

And the young man turned round and

recognized Him, and made answer and said, "But I was a leper once, and you healed me. How else should I live?"

And He passed out of the house and went again into the street.

And after a little while He saw one whose face and raiment were painted and whose feet were shod with pearls. And behind her came, slowly as a hunter, a young man who wore a cloak of two colours. Now the face of the woman was as the fair face of an idol, and the eyes of the young man were bright with lust.

And He followed swiftly and touched the hand of the young man and said to him, "Why do you look at this woman and in such wise?"

And the young man turned round and recognized Him and said, "But I was blind once, and you gave me sight. At what else should I look?"

And He ran forward and touched the painted raiment of the woman and said to her, "Is there no other way in which to walk save the way of sin?"

And the woman turned round and recognized Him, and laughed and said, "But you forgave me my sins, and the way is a pleasant way."

And He passed out of the city.

And when He had passed out of the city, He saw seated by the roadside a young man who was weeping.

And He went towards him and touched the long locks of his hair and said to him, "Why are you weeping?"

And the young man looked up and recognized Him and made answer, "But I was dead once and you raised me from the dead. What else should I do but weep?"

3 오스카 와일드의 인터뷰 기사들:

산업이 없는 삶은
메마른 삶이고,
예술이 결여된 산업은
야만입니다

오스카 와일드는 1882년 1월, 윌리엄 길버트와 아서 설리번이 만든 코믹 오페라 「페이션스 혹은 번손의 신부(Patience or, Bunthorne's Bride)」의 미국 순회공연 홍보차 미국으로 떠났다. 당시 유행하던 유미주의와 그 주창자들을 희화한 이 작품에 등장하는 주인공 번손은 와일드를 연상시키는 캐릭터였다. 작품의 기획자였던 리처드 도일리 카트는 오스카 와일드를 내세워 극을 홍보하고자 했으나, 와일드는 그 기회를 자신의 것으로 만들어 약관 스물여덟의 나이에 일약 두 대륙을 넘나드는 유명 인사로 떠올랐다. 당초 미국에 몇 주만 머물기로 예정되어 있었던 와일드는 일 년 가까이 캐나다를 포함한 북미 대륙을 순회하면서 백오십 회에 가까운 강연과 적어도 아흔여덟 번의 인터뷰를 소화했다. 그러는 동안 그는 월트 휘트먼, 헨리 롱펠로, 올리버 웬델 홈스, 헨리 제임스 등의 문인들과도 만남을 가졌다.

1882년 1월 2일, 증기선 '애리조나호'를 타고 뉴욕에 도착한 오스카 와일드는 미국 세관에서 "신고할 것이라고는 내 천재성밖에 없다."라는 전설적인 말을 남긴 바 있다. 그는 1월 28일에 자신을 인터뷰하기 위해 찾아온 《보스턴 글로브》의 기자에게 이렇게 말했다. "인터뷰어는 미국 문명의 산물입니다. 난 용납할 만한 속도로 익숙해지려고 노력하는 중이고요. 당신들 기자들은 내가 샌디 훅[3]을 처음 본 이후 나를 독차지하다시피 하고 있습니다. 뉴욕에서만 하루에 백 명 가까이 나를 찾아왔으니까요." 그는 마지못해 인터뷰에 응한다는 인상을 주지 않기 위해 이렇게 덧붙였다. "하지만 기자 분들을 만나는 일은 언제나 즐겁습니다. 우리 영국에는 인터뷰라는 게 없거든요." 오스카 와일드는 뉴욕과 보스턴, 샌프란시스코와 같은 대도시뿐만 아니라 유타 주의 오그던, 콜로라도 주의 레드빌, 캔자스 주의 토피카와 같은 미국의 오지에서도 강연을 하고 인터뷰에 응했다. 다음은 오스카 와일드와 그의 유미주의를 잘 보여주는 몇몇 인터뷰 기사의 전문 및 일부를 우리말로 옮긴 것이다.

3　미국 뉴저지 주에 있는 반도로, 뉴욕 만(灣)의 입구에 있다.

오스카 와일드

그는 하던 말을 계속했다. "유미주의는 평범한 것들에 색채를 부여하고, 아름다움을 돋보이게 하려는 하나의 시도입니다. 그 아름다움이 어디에 존재하는가는 중요하지 않습니다. 아름다움과 모든 사물들 사이에는, 감지할 수 있는 아름다움과 또 다른 아름다움의 상관관계처럼 미묘한 관계가 존재합니다. 그 문제를 공부해 왔던 사람들만이, 오직 그런 사람들만이 보고 느낄 수 있는 관계지요."

이어 기자가 물었다. "그럼 일례로, 저기 강 건너 뉴저지 풍경에서 가장 중요하다고 할 수 있는, 저 엄청나게 큰 곡물 창고의 어디에서 아름다움을 찾을 수 있을까요?"

와일드는 강 건너를 바라보더니 자신은 매우 심한 근시라서 문제의 대상을 잘 볼 수 없다고 말했다. 그리고 나중에 그것을 제대로 살펴본 뒤 질문에 답변하겠노라고 했다.

시인은 담배를 한 모금 세게 빤 다음 실내용 가운의 주머니에 양손을 깊이 찔러 넣은 채 이야기를 계속했다. "우리 대부분에게 아름다움은 우리가 의식하는 것보다 훨씬 가까이에 있습니다. 소재는 주변에 널려 있지만, 우린 거기서 아름다움을 끌어내는 체계적인 방법을 알고 싶어 합니다. 아시다시피 그건 주관적인 것일 수도 객관적인 것일 수도 있습니다. 하지만 그 방법은 분명 존재하며, 나는 그것에 이르는 길을 알려 주는 학문에 대한 강연을 하러 이곳에 온 것입니다."

"그러니까 당신은 백합이나 호보컨[4]에 똑같이 존재할 수 있는 순수한 아름다움에 이르기 위한 열쇠나 그러한 아름다움을 발견했다는 말이군요. 그런가요?"

"그 비슷한 거라고 보면 됩니다. 이 일은 정해진 한계가 없는 방대한 분야를 다루기 때문입니다. 따라서 만족스러운 정의(定義)란 있을 수가 없습니다. 어떤 사람들은 아무리 열심히 찾아도 아무것도 발견하지 못할 수도 있습니다. 하지만 그러한 추구가 정당한 법칙에 따라 행해졌다면 그 자체만으로도 유미주의를 이룰 수 있습니다. 사람들은 노력하는 가운데서 행복을 발견하게 될 겁니다. 그들이 찾고자 하는 것을 결코 발견하지 못하리라는 절망감을 느끼는 가운데서도 말이죠. 내면적이고 외적인 투쟁 없이 아름다움의 부흥을 기대할 수는 없습니다."

"이러한 운동이 어디에서 끝날 거라고 보십니까?"

"이 모든 것은 끝을 알지 못하며 언제까지고 계속될 겁니다. 그 시작이 없었던 것처럼 말이죠. 난 줄곧 '르네상스'라는 단어를 사용해 왔습니다. 아름다움의 추구가 내겐 조금도 새로운 게 아니라는 것을 보여 주기 위해서 말이죠. 그것은 오래선부터 언제나 존재해 왔습니다. 시간이 흘러감에 따라 사람들

---

4 미국 뉴저지 주 북동부의 항만 도시.

유미주의는 평범한 것들에
색채를 부여하고,
아름다움을 돋보이게
하려는 하나의 시도입니다.
그 아름다움이 어디에
존재하는가는 중요하지
않습니다.

과 표현 방식들이 변할 수는 있지만, 그 원칙들은 결코 변하지 않을 겁니다. 인간은 언제나 아름다움에 굶주려 있습니다. 따라서 그 허기를 채워 줘야만 합니다. 우리 안에 있는 빈 곳을 자연이 채워 줄 겁니다. 이런 것들을 보지 못하는 눈먼 사람들은 아름다움을 추구하는 이들을 질투해 웃음거리로 만들려고 합니다. 아름다움으로 향하는 길을 찾지 못하는 불행한 영혼들이지요."

— 1882년 1월 4일, 《뉴욕 이브닝 포스트》에서

OSCAR WILDE

"Aestheticism," he continued, "is an attempt to color the commonplace, to make beauty stand out wherever it is. There is a subtle relation between beauty and everything — a correlation of one sensible beauty with another — that is not seen or felt, except by — by — well, by persons who have studied the matter."

"For instance," asked the reporter, "where is the beauty in that striking grain elevator which is the chief object in New Jersey's landscape across the river there?"

Wilde looked across the river but said that he was too near-sighted to see the object in question; he would examine it some other day and make a note of it.

"Beauty," went on the poet, puffing vigorously at a cigarette and plunging both hands deep into the pockets of his dressing gown, "is nearer to most of us than we are aware. The material is all around us, but we want a systematic way of bringing it out. It may be subjective, don't you know, or objective, but it is there, and the science of how to get at it is what I come to lecture about."

"Then you have found the key to pure beauty or such beauty as there may be in the lily or in Hoboken. Is that it?"

"Something of the kind. It's a wide field which has no limit, and all definitions are unsatisfactory. Some people might search and not find anything. But the search, if carried on according to right laws, would constitute aestheticism. They would find happiness in striving, even in despair of ever finding what they seek. The renaissance of beauty is not to be hoped for without strife internal and external."

"Where is this movement going to end?"

"There is no end to it; it will go on forever, just as it had no beginning. I have used the word *renaissance* to show that it is no new thing with me. It has always existed. As time goes on the men and the forms of expression may change, but the principles will remain the same. Man is hungry for beauty; therefore he must be filled. There is a void; nature will fill it. The ridicule which aesthetics have been subjected to is only the envy of blind, unhappy souls who cannot find the path to beauty."

시인의 이론들

미스터 와일드는 《뉴욕 트리뷴》의 기자가 한 질문에 다음과 같이 대답했다. "유미주의의 근거는 아름다움이 무엇인지 누구도 가르쳐 줄 수 없다는 것입니다. 우린 스스로 그것을 터득해야 합니다. 아이들은 책을 통해 어떤 과학 문제에 관한 지식을 쌓아 갈 수 있습니다. 하지만 아름다움을 알아 가는 일은 지극히 개인적인 것으로, 오직 스스로의 눈과 귀에 의해서만 가능한 것입니다. 그게 바로 '아름다운 환경 이론'이 생겨나게 된 이유입니다. 아주 어릴 적부터 아이들에게 아름다운 환경을 만들어 줘야 하는 것도 그 때문이고요. 가령 당신이 키츠의 시집을 읽으려 한다고 칩시다. 그런데 만약 여느 도서관처럼 꾸며진 도서관에 있다면, 당신은 먼저, 이를테면 정신적인 도약을 해야만 합니다. 그래야 그의 시를 제대로 감상할 수 있는, 적절한 정신의 틀 속으로 들어갈 수 있을 테니까요."

— 1882년 1월 8일, 《뉴욕 트리뷴》에서

THE THEORIES OF A POET

"The groundwork of aestheticism," said Mr. Wilde, in answer to the question of a Tribune reporter, "is that you cannot teach a knowledge of the beautiful; it must be revealed. A boy could become learned in any scientific subject by the study of books; the knowledge of the beautiful is personal and can only be acquired by one's own eyes and ears. This truth was the origin of the theory of beautiful surroundings. A child should have around him from his infancy beautiful things. Suppose you take up a volume of Keats. If you are in a library furnished as most are, you have to take a spiritual jump, so to speak, before you are in the proper frame of mind to appreciate his poetry."

"당신을 소개한 미국 신문들의 기사에 대해 어떻게 생각하시나요?"

"뭐, 별다른 불만은 없습니다. 그들이 나를 터무니없이 소개한 건 사실이지만, 난 이런 일로 상처받는 사람이 아닙니다. 오히려 피해를 입는 건 대중이지요. 그렇게 터무니없이 누군가를 공격함으로써 경의를 표해야 할 때 조롱을 하게 되고, 심지어 자신들이 들으려고도 하지 않는 것들을 비웃는 법을 배우게 되니까요. 만약 영국과 이 나라의 신문들이 나를 다르게 다루고, 사람들이 내게 찬사와 지지를 보냈더라면, 아마도 난 난생처음 나 자신과 나의 사명에 대해 의문을 가졌을 겁니다. 《뉴욕 헤럴드》가 뭐라고 하든 그건 나와 아무 상관이 없습니다. 당신이 메디치의 비너스[5]를 보러 간다면, 당신은 그 조각

---

5   피렌체의 메디치가에 전해 내려온 아프로디테 상. 헬레니즘 시대의 그리스 원작에 바탕을 둔 로마 시대의 모각(模刻)으로, 보티첼리의 「비너스의 탄생」은 이 조각상에서 그 포즈를 빌려 왔다.

상이 절묘하게 아름다운 창작품이라는 걸 알게 될 겁니다. 그런데 이 나라의 모든 신문이 형편없는 모작이라며 그것을 깎아내린다고 해서 당신 생각이 조금이라도 달라질까요? 절대 그렇지 않을 겁니다. 난 내가 옳으며, 내겐 완수해야 할 사명이 있다는 것을 알고 있습니다. 누구도 나를 무너뜨릴 수 없습니다! 셸리는 영국을 떠나야했지만 이탈리아에서도 여전히 글을 잘 썼습니다. 그 때문에 상처받은 것은 그가 아니라 대중이었습니다. 난 키츠와 셸리보다 더 나은 대접을 받기를 기대할 수도 없고, 그런 걸 바라지도 않습니다. 하지만 놀랐다는 것은 솔직히 말해야겠군요. 당신들은 우리 영국에 많은 미국인들을 보냈지만 우린 적어도 그들을 정중하게 맞이했습니다. 당신들은 배우들도 상당히 많이 보냈지요. 그중엔 훌륭한 배우들도 있었고, 보잘것없는 배우들도 있었지만요. 하지만 그 누구도 우리가 자신들을 푸대접했다고 불평하진 못할 겁니다. 우리가 만약, 내가 볼티모어에서 비난받았던 것처럼 부스[6]를 도둑으로 몰아붙였다면 어떤 일이 일어났을까요?"

기자는 그의 말이 잘 이해되지 않는다는 표정을 지어 보였다. 하지만 미스터 와일드는 이야기를 계속했다.

"우리 영국에는 훌륭한 사람들이 많습니다. 예술과 문학에서 뛰어난 인물들이 많지요. 하지만 그중 누구도 여기서 대중 앞에 나설 엄두를 내지 못합니다. 자신들이 어떤 대접을 받게 될지 너무도 잘 알기 때문이지요. 내가 겪었던, 문제가 많은 대접 말입니다."

"하버드 대학교 학생들이 보여 준 태도에 대해서는 어떻게 느

---

6   윌리엄 부스. 영국의 감리교 목사로 구세군의 창설자다.

끼셨는지요?"

"딱히 불쾌하거나 그러진 않았습니다. 선의의 농담으로 이해하고 받아들이면서, 한껏 장단을 맞춰 주었지요. 내가 옥스퍼드를 다닐 때 있었던 많은 일들도 생각이 났고요."

"당신은 자신에 관한 신문 기사를 읽지 않는다고 들었습니다. 그래서 지금 이 나라 전역에서 당신에 관해 얼마나 많은 이야기들이 돌아다니는지 잘 모르실 거라고 생각합니다. 그것들 대부분이 아마도 신문사에서 비롯되었을 테죠. 일례로 언젠가 이런 기사를 읽은 적이 있습니다. 워싱턴에서 누군가가 사교계에서 유명한 한 숙녀에게 당신을 소개하자 그녀가 이렇게 외쳤다고 하더군요. '오, 이분이 그 유명한 미스터 와일드군요. 그런데 매일 들고 다니는 백합은 어디 있나요?' 그러자 당신이 그 즉시 이렇게 대답했다더군요. '집에 두고 왔습니다, 부인. 당신이 예의를 집에 두고 온 것처럼 말입니다.' 물론 아무런 근거가 없는 얘기겠지요?"

"그 반대로 모두가 전적으로 사실입니다. 워싱턴이 아닌 런던에서 일어난 일이었고, 문제의 숙녀가 공작 부인이었다는 점만 빼고는요."

"그래서 그녀가 어떻게 했나요?"

"그런 상황에서는 아마 어떤 공작 부인이라도 똑같은 반응을 보였을 겁니다. 얼굴이 벌게지더니 아무런 대꾸도 못 하더군요."

"그랬군요. 이번엔 그것과 반대되는 경우인데요, 언젠가 당신이 이 나라에는 진귀한 유적이나 골동품이 없다고 불평하는 것을 듣고 한 숙녀가 이렇게 대꾸했다고 하더군요. '유적은 시간이 해결해 줄 거고, 골동품은 수입하면 됩니다.'라고요."

"맞습니다, 아주 멋진 이야기지요. 사실 그 이야기가 처음 나온 건 찰스 디킨스가 이곳을 방문했을 때입니다. 가만 보니 가는 곳마다 재치 있는 즉답에 뛰어난 똑똑한 숙녀가 한 명씩은 반드시 있고, 최근에 유행하는 흥미로운 말은 모두 그 여성의 입에서 나오는 걸로 되어 있더군요. 어쨌든 이 두 에피소드는 미국 어디를 가나, 거의 대부분의 도시에서 어김없이 나를 따라다니고 있습니다."

— 1882년 2월 8일,
《로체스터 데모크래트 앤드 크로니클》에서

A MAN OF CULTURE RARE

"How about the treatment you have received from the newspapers in this country?"
"I have no complaints to make. They have certainly treated me outrageously, but I am not the one who is injured. It is the public. By such ridiculous attacks the people are taught to mock where they should reverence, to scoff at things to which they will not even listen. Had I been treated differently by the newspapers in England and in this country, had I been commended and endorsed, for the first time in my life I should have doubted myself and my mission. What possible difference can it make

to me what the *New York Herald* says? You go and look at the statue of Venus De Medici and you know that it is an exquisitely beautiful creation. Would it change your opinion in the least if all the newspapers in the land should pronounce it a wretched caricature! Not at all. I know that I am right, that I have a mission to perform. I am indestructible! Shelley was driven out of England, but he wrote equally well in Italy. It was not he who was injured. It was the people. I cannot expect — I do not wish better treatment than Keats and Shelley received, and yet I must confess that I am surprised. You have sent many Americans to us in England, and at least we have received them courteously. You have sent us a good many actors, some of them good, some of them very bad; but I do not think they can justly complain of rudeness on our part. How would it have appeared had we accused Booth of blackmail, as I was accused in Baltimore?"

The listener gave expression to his vagueness and Mr. Wilde continued:

"We have many eminent men in our country, men eminent in art and letters, but they would not think for a moment of venturing here in a public capacity. They know well enough the treatment they would receive, the questionable courtesy I have experienced."

"How were you pleased with the demonstrations of the Harvard students?"

"There was nothing offensive in that. I understood well enough that it was meant as a good natured joke, and I entered into the spirit of it fully. It recalled to my mind many incidents of my life at Oxford."

"As you do not read what the newspapers say about you, I suppose you know nothing of the thousands of paragraphs that are flying about the country about you. Most of them, I presume, originated in the newspaper offices. For instance I read the other day that you were presented to a prominent society lady in Washington, and she exclaimed, 'And so this is Oscar Wilde: but where is your lily?' The quick reply was, 'At home, madame, where you left your good manners.' I suppose, of course, that had no foundation in fact?"

"On the contrary, it is absolutely true, with the exception that it happened in London and that the lady was a duchess."

"What did she do then?"

"She did what any duchess would do under the circumstances, I suppose — blushed and remained quiet."

"Well, then there is another story in which the boot is on the other foot. It is said that you complained that there were no quaint ruins in this country, no curiosities, and a lady replied, 'Time will remedy the one, and as for curiosities, we import them.'"

"Yes, that is an excellent story. It was first told of Charles Dickens when he visited this country. I find every community has its lady who is remarkably bright in her repartee and she is always credited with the latest *bon mot* going the rounds. Those two stories are following me all over the country, localized in almost every city."

예술의 사도

"인터뷰를 자주 하신 걸로 알고 있습니다만."

"그렇습니다. 하지만 통상적인 정확성이 지켜진 적은 한 번도 없습니다. 모두들 자신들의 상상력에 기대어 기사를 써 댔고, 그 결과는 그 고귀한 특성에 대한 명예 훼손으로 드러났지요."

"고귀한 특성이라면……?"

"상상력 말입니다."

"서부에 대해서는 어떻게 생각하시나요?"

"편견으로부터 훨씬 자유로울 거라 믿고 싶습니다. 동부는 유럽의 어리석은 잔재들에 너무 많이 물든 것처럼 보입니다. 하지만 서부의 미국인들에겐 그럴 시간이 없었을 테니까요. 난 동부의 많은 도시들 한가운데에 오해라는 어리석음이 만연해 있음을 발견했습니다. 그런 건 영국에서도 지겨워하는 것인데 말이죠."

"나이아가라 폭포에 대해 한 말씀을 해 주시겠습니까? 그곳에 이미 다녀오신 걸로 알고 있는데요."

"폭포를 처음 봤을 때 제일 먼저 든 생각은, 그 디자인이나 움직임이 내가 기대했던 것만큼 웅장하지는 않다는 것이었습니다. 하지만 색깔이 다채롭게 변화하는 모습은 인상적이었습니다."

"그래서 생각을 바꾸셨나요?"

"폭포 아래에 서 보고서야 비로소 자연의 물리적 힘이 얼마나 엄청난지를 깨달았죠. 내가 그런 자연의 한가운데에 서 있음을 알게 되었고요."

"미국에 대해 전반적으로 어떤 인상을 받으셨는지요?"

"어려운 질문이군요. 지금까지 난 나라 전체가 아닌 몇몇 소도시만을 보았을 뿐입니다. 전적으로 단연코 미국적이라고 할 수 있는 것들을 볼 기회가 아직 없었습니다."

"도시들은 어떻게 보셨는지요?"

"가장 훌륭한 도시들은 고도의 세계주의를 지향하고 있음을 알 수 있었고, 그보다 좀 못한 도시들에서는 흥미로운 지방색을 느낄 수 있었습니다. 이곳 서부에서 가장 인상적인 것은, 미국인들이 미국인들을 위해 창조해 낸, 결정적으로 미국적인 유형의 문명입니다."

"본인의 사명에 대해 얘기해 주실 수 있는지요?"

"영국에서 지금 일고 있는 예술적 움직임의 본질은, 모든 도시에서 예술적 디자인의 잠재력을 지닌 남녀들을 발굴해 내는 것입니다. 그런 다음 우린 그들이 고귀한 작품들을 생산해 낼 수 있도록 그들에게 최고의 모델들과 표현 방식을 제공하고 최상의 환경 속에서 그들을 훈련시키고자 합니다."

"그게 그 운동의 궁극적인 목표인가요?"

"수공예에 뛰어난 소질을 보이지 않는 사람들, 디자인의 잠재력을 지니지 못했거나 예술적 소명 의식을 느끼지 않는 사람들에 관해서는, 우린 그들 안에 예술적 기질을 일깨우고자 합니다. 예술적 기질이 없이는 예술에서의 개성도, 삶의 진정한 기쁨도 있을 수 없기 때문입니다. 한마디로, 문명이 존재할 수 없는 겁니다."

"어떻게 그런 일이 가능할 수 있습니까?"

"예술적 기질을 일깨우는 방법은 딱 한 가지밖엔 없습니다. 사람들로 하여금 어릴 적부터 자기 집의 아름답고 경쾌한 색채와 고상하고 합리적인 디자인의 변치 않는 존재에 익숙해지게 하는 겁니다. 우린 예술이 부자들을 위한 사치품이 아니라, 가장 멋진 악기의 현(絃)이 되게 하려는 것입니다. 마땅히 그래야 하는 것처럼 말이죠. 각 나라의 정신은 그런 예술을 통해 그것이 지닌 힘을 표출할 수 있습니다. 우리는 또한 예술로 하여금 사람들이 살아가는 일상의 한 부분이 되게 하고자 합니다."

THE APOSTLE OF ART

"You have been often interviewed, I believe," said the reporter.

"Yes, but never with ordinary accuracy. All have relied upon their imaginations, and the result has been a libel upon that novel quality."

"Meaning — "

"The imagination."

"How do you like the West?"

"I should imagine it is far more free of

우리는 또한 예술로 하여금 사람들이 살아가는
일상의 한 부분이 되게 하고자 합니다.

prejudice. The East seems to catch too much of the little floating follies of Europe. For that kind of thing you in the West have no time. In the East I found many cities pervaded by some folly of misinterpretation which they are already tired of in England."

"What did you think of Niagara? I understand you paid the falls a visit?"

"When I saw the falls for the first time, the thought came over me that they were not so noble in design and action as I had expected, perhaps; but the colors were full of change."

"Did you change your mind?"

"Not till I had stood underneath the cataract did I realize how enormous was the physical force of nature in the midst of which I was standing."

"What are your general impressions of America?"

"That is a difficult question. I have only as yet seen your towns, not the country at all. I have not yet seen anything in the least that seemed definitely and absolutely American."

"How do you like the cities?"

"The best cities have a very high cosmopolitanism; in the lesser cities, a curious provincialism. What strikes me most here in the West is really the type of civilization definitely American, created by yourselves and for yourselves."

"What is the nature of your mission?"

"The whole essence of this artistic movement in England is that we had a desire to discover in every city those men and women who have the power of artistic design; to give them the best models and expression possible to train them in the noblest surroundings to produce the noblest work."

"Is that its whole object?"

"In regard to people who are not handicraftsmen, who have not this power of design nor the capacity for artistic vocation, we wish to produce in them that artistic temperament without which there is no individuality in art, no real joy of life; in a word, no civilization."

"How can that be done?"

"There is only one way of producing this artistic temperament, and that is by accustoming them from childhood to the abiding presence in their own houses of beautiful and joyous color and noble and rational design. We want to make art not a luxury for the rich but, as it should be, the most splendid of all the chords through which the spirit of any nation manifests its power, and to make it part of the daily atmosphere in which people live."

"예술을 어떻게 정의할 수 있을까요?"

이 질문이 미스터 와일드를 자극한 듯 보였다. 그는 경멸적인 눈빛으로 기자를 언뜻 쳐다보더니 이내 환한 미소를 지어 보였다. 그리고 자리에서 일어나 벽난로를 등지고 섰다. 두 손으로 코트의 뒷자락을 움켜쥔 채로. 그는 다음과 같은 말로 질문에 답했다.

"예술적인 것이란 그것의 실용적인 용도와는 상관없이, 아름답고 섬세한 형태, 경이로운 디자인이나 고상한 색채로 사람들을 즐겁게 해 주는 어떤 것을 가리킵니다. 예술적인 것의 창조자는 그의 손뿐만 아니라 그의 마음과 머리로도 작업을 하지요."

"그럼 산업은 뭐라고 생각하십니까?"

"산업이 없는 삶은 메마른 삶이고, 예술이 결여된 산업은 야만입니다."

"에디슨보다 미켈란젤로의 작품을 더 높게 친다는 말씀인가요?"

"미켈란젤로의 작품 하나는 에디슨의 발명품 백 개만큼의 가치를 지니고 있습니다. 예술 작품은 사람들 사이에서 더욱 고귀하고 한층 새로운 문명을 드러내는 상징입니다. 현대 문명의 산물들은 그 자체로는 좋지도 나쁘지도 않습니다. 그것들은 분명 자연의 신비에서 더 많은 경이로움을 느끼게 하고, 인간의 천재성에 더욱더 감탄하게 만듭니다. 하지만 문명을 위

예술적인 것의 창조자는 그의 손뿐만 아니라
그의 마음과 머리로도 작업을 하지요.

한 그 산물들의 사용은 전적으로 그것들의 사용에 동반되는 정신에 따라 그 가치가 달라집니다."

"현대의 발명품들이 유용하다는 말씀인가요?"

"전차는 엄청나게 유용하고 경제적인 운송 수단입니다. 하지만 오늘날 옥스퍼드에서는 영국에서 가장 아름답고 오래된 다리 중 하나를 허물고 있습니다. 가볍고 우아한 주철 구조물이라는 것으로 대체하기 위해서죠."

그가 내뱉은 마지막 몇 단어에서는 노골적인 경멸이 느껴졌다. 그는 이야기를 계속했다.

"이는 전차의 운행을 수월하게 하기 위한 것입니다. 하지만 이를 통해 영국이 얻을 수 있는 건 아무것도 없습니다. 오직 장엄하고 고귀한 건축물의 회복 불가능한 손실이 있을 뿐입니다."

"미국에서는 그런 게 문제되는 경우가 없습니다." 기자가 말했다. "우린 허물어야 할 오래된 건물이나 다리가 없거든요."

"당신들은 운이 좋은 겁니다." 그가 말했다. "영국에는 아름다운 것들이 거의 남아 있지 않습니다. 한 나라의 역사는 책이 아니라 그 나라의 건축물 속에 살아 있어야 합니다. 건축은 인간이 창조할 수 있는, 가장 엄숙하게 아름다운 과거의 기록이기 때문입니다. 지금 런던에는 아름다운 것들이 단 하나도 남아 있지 않습니다." 미스터 와일드는 한숨을 내쉬었다.

"하지만 문명에는 아름다운 것들보다 유용한 것들이 더 중요하지 않나요?"

"'유용한'이라는 단어는 위험한 말입니다. 대체 무엇에 유용하다는 거죠? 난 가장 고귀한 유용함과 가장 고귀한 아름다움 사이에는 가장 완벽한 조화와 공감이 존재할 수 없다는 주장에 동의할 수 없습니다. 웨스트민스터 사원은 유용하면서도 아름답습니다. 가장 아름답기 때문에 가장 유용하다고 볼 수 있지요."

"문명이 무엇이라고 생각하십니까?"

"문명은 인간으로 하여금 완전한 자아를 완벽히 실현할 수 있게 하는 조건을 말합니다. 아름다움이나 예술이 존재하지 않는 문명은 있을 수가 없습니다. 최고의 책꽂이는 당신의 책들을 가장 잘 담을 수 있는 책꽂이입니다. 거기에 장식으로, 당신이 세상에서 제일 좋아하는 것을 더하면 되는 겁니다."

"우리 건축물에 대해서는 어떻게 생각하십니까?"

미스터 와일드는 측은한 눈빛으로 기자를 바라보더니 이렇게 말했다.

"미국엔 건축물이라고 할 만한 게 하나도 없습니다. 이 나라에는 무엇보다 아름다운 도시가 갖춰야 할 가장 중요한 요소인 고귀한 건축물이 필요합니다. 여러분의 청교도 선조들이 여러분을 위해 지은 오래된 붉은 벽돌집들이 뉴욕 5번가의 엉터리 그리스식 주랑 현관, 도리아식 굴뚝, 코린트식 상층(上層)을 갖춘 건물들보다 훨씬 아름답고 훨씬 소박하며, 한층 더 자연스럽습니다. 주거용 건축에는 붉은 벽돌집이 가장 적합하고 아름답습니다."

"하지만 건축물이 아름답기 위해서 반드시 오래될 필요는 없지 않을까요?"

"물론입니다. 폭풍우 때문에 측면이 반쯤 잘려 나간 고딕 양식의 성당이 보수 작업을 한다고 더 아름다워지지는 않습니다. 세월이 건축물에 어떤 매력이나 운치를 더할 수는 있겠지만, 세월이 못생긴 건축물을 아름답게 만들어 주는 건 절대 아닙니다."

"어쨌든 현대 문명이 가장 위대한 문명이 아닐까요?"

"세상에서 가장 위대한 문명은 이미 오래전에 존재했었고, 증기 기관이 없을 때도 존재했습니다. 한 시간에 육십 마일을 달려가는 게 인간에게 무슨 도움이 될까요? 그런다고 그가 조금이라도 나은 사람이 되나요? 바보도 기차표를 사서 한 시간에 육십 마일을 달려갈 수 있습니다. 그런다고 그가 조금이라도 현명해질까요?"

— 1882년 2월 11일, 《시카고 인터오션》에서

"What is art?"

This question seemed to arouse Mr. Wilde. He flashed a scornful glance at the reporter, but it was followed immediately by a sunny smile. He arose and stood with his back to the fire and his hands clasped under his coattails.

"An artistic thing," he said, "is anything which, independent of its practical use, pleases one by the beauty and delicacy of its form, the wonder of its design, or the nobility of its color. A man who creates an artistic thing is a man who works not with his hands only, but with his heart and with his head."

"But what of industry?"

"Life without industry is barren, and industry

without art is barbarism."

"Do you think more of the works of Michael Angelo than of Edison?"

"One production of Michael Angelo is worth an hundred of Edison. It is a sign of a nobler, fresher civilization among the people. Modern civilizations are not good or bad in themselves at all. They certainly increase one's wonder at the mysteries of nature and one's admiration for the genius of man. But their use for civilization depends entirely upon the spirit in which they are used."

"Modern inventions are useful?"

"A tramway is an exceedingly useful and economical means of conveyance, but in Oxford today they are pulling down one of the most beautiful old bridges of England in order to substitute in its place what they call in England a light and elegant cast-iron structure."

The last few words were spoken with undisguised contempt.

"This," he continued, "is in order to facilitate the running of a tramway. In this there is no gain to England at all, only the irreparable loss of stately and noble architecture."

"We are not troubled that way here," said the

reporter, "for we have no old buildings or bridges to pull down."

"That is good fortune for you," he said. "There is hardly a beautiful thing left us. The history of a country should live not in books but in its architecture. That is the most solemnly beautiful record of the past that man can create. There is hardly a single beautiful thing left in London," said Mr. Wilde with a sigh.

"But are not useful things more important to civilization than beautiful ones?"

"Useful is a dangerous word. Useful for what? I deny that between the noblest usefulness and the noblest beauty there is anything but the most complete accord and sympathy. Westminster Abbey is useful, and it is also beautiful — the most useful because it is the most beautiful."

"What is civilization?"

"That condition under which man most completely realizes the perfection of his own nature. Civilization without beauty or art is an impossibility. The best bookcase is the one which will best hold your books. Then add to it whatever you love best in the world as decoration."

"What do you think of our architecture?"

Mr. Wilde looked at his questioner pityingly. "You have none," he said. "You want in this country, to begin with, the primary element of beautiful cities, that is, noble architecture. The old, red-brick houses which your Puritan forefathers built for you are much more beautiful, much more simple, much more natural than the sham Greek porticos, the Doric chimneys, and Corinthian upper stories of Fifth Avenue. In domestic architecture, there is nothing more suitable or beautiful than red brick."

"But it is not necessary for a building to be old to be beautiful?"

"Very true. A Gothic cathedral with half the side clipped away by a storm is not beautified by the operation. Age will add a certain charm, or what people call picturesqueness, to a building, but age will never make an ugly building beautiful."

"But is not modern civilization the greatest?"

"The greatest civilization of the world existed ages ago, and existed without steam engines. Of what use is it to a man to travel sixty miles an hour? Is he any better for it? A fool can buy a railway ticket and travel sixty miles an hour. Is he any the less a fool?"

오스카 와일드와의
심미적이고 흥미로운 인터뷰

"미스터 와일드, 이런 게 이른바 '유미주의 열풍'을 보여 주는 거라고 생각하시나요?"

"오, 열풍이라는 말은 사용하지 말아 주세요. 이건 열풍이 아닙니다. 당신들 미국인들은 진지한 것들을 농담처럼 취급하는 경향이 있더군요. 게다가 당신들은 즐거움을 아는 민족이 아닙니다. 사회에서는 재치 넘치고 즐거워 보이는 사람들이 눈에 띄지만, 난 기차 안에서는 행복한 남녀들을 본 적이 없습니다. 모두들 수심이 가득한 얼굴을 하고 있었고, 어떤 사업 구상에만 골몰한 듯 보였습니다. 사람들은 예술의 진가를 알아보지 못하기 때문에 열풍이라는 말을 사용하는 겁니다. 하지만 예술은 영원히 살아남아 그 영향들을 퍼뜨리고, 그 유익함으로 인해 오래도록 지속될 겁니다. 그러니까 이건 열풍과는 거리가 먼 겁니다."

(……)

"미스터 와일드, 이런 질문을 해도 될지 모르겠지만 저를 포함한 많은 미국인들이 몹시 궁금해하는 거라……. 백합과 해

난 백합과 해바라기를 무엇보다 사랑합니다.

바라기를 아름다움의 상징으로 선택하신 데에 무슨 특별한 이유가 있는지요? 우리 미국인들은 당신이 이곳에 온 뒤에야 진정으로 이 꽃들을 알게 되었답니다."

"난 백합과 해바라기를 무엇보다 사랑합니다." 위대한 유미주의자는 웃음을 터뜨리고는 질문에 답했다. "무엇보다 꽃들의 형태가 완벽하고, 장식의 목적으로 두루두루 널리 쓰일 수 있기 때문입니다. 우아하게 흘러내리는 듯한 백합의 윤곽선과 아름다운 노란색 빛살에 둘러싸인, 짙은 적갈색의 커다란 원판으로 이루어진 해바라기가 보여 주는 균형보다 아름다운 게 세상에 있을까요? 백합으로 말하자면, 더할 나위 없이 순수한 색깔에, 꽃과 연관된 아름다운 전설을 아주 많이 포함하고 있지요. 또한 해바라기는 따뜻함과 빛과 진리의 위대한 근원에 변함없이 충실하고요. 해바라기는 언제나 태양을 향하며, 결코 땅의 차가운 그림자 쪽으로 고개를 숙이는 법이 없습니다. 백합은 방을 장식하기에 아주 아름다운 꽃이지만, 해바라기는 너무 화려해서 실내를 장식하기에는 적합하지 않아요. 방이 풍요로움과 다양한 색깔로 꾸며져 있지 않다면 말이죠. 장미는 색이 아름다운 꽃이지만, 형태의 아름다움도 지니지 못했고 장식에도 적합하지 않다고 생각합니다."

— 1882년 5월 3일, 《데이턴 데일리 데모크래트》에서

AESTHETIC: AN INTERESTING INTERVIEW
WITH OSCAR WILDE

"Mr. Wilde, do you think that this present so-called 'aesthetic craze'?"

"Oh, do not call it a craze. It is no craze. You Americans have such a way of treating serious things as a joke. And yet you are not a joyous people. In society there is all brilliancy and apparent joyousness, but on the railway trains I do not see happy men and women. Everybody has a troubled anxious look, and everybody is pushing forward in some business project. But the people do not appreciate art and so they call it a craze. But it will live and spread its influences and be continuing in its good, and it is no craze."

(……)

"Pardon me for asking it, Mr. Wilde, but I have a great curiosity, as many other Americans have, to know why it is you have selected the lily and sunflower as the emblems of beauty. You know it has been only since your arrival in America that these flowers have really been discovered by Americans."

"I love the lily and sunflower," answered the great aesthete, laughing, "because of their perfectness of form and adaptability for decorative purposes. What is more beautiful than the gracefully flowing outlines of the lily and the symmetry of the sunflower with its large round disk of rich reddish brown surrounded by its beautiful rays of yellow? Then with the lily there is such a purity of colour, and it has so many beautiful legends associated with it. And the sunflower's fidelity to the great source of warmth, and light, and truth. It always looks to the sun, never drooping its head toward the cold shadows of earth. The lily is so beautiful for decorating a room, but the sunflower is too gorgeous for indoor decoration, unless the room is full of richness and color. The rose is a beautiful piece of color, but it has no beauty of form and is not adapted for decoration."

참고 문헌

Bob and Odette Blaisdell, *The Wit and Wisdom of Oscar Wilde*, Dover Publications, 2012.

Matthew Hofer & Gary Scharnhorst, *Oscar Wilde in America: The Interviews*, University of Illinois Press; 1st edition, 2013.

Tweed Conrad, *Oscar Wilde in Quotation*, McFarland & Company; 1st edition, 2006.

Richard Ellmann, *Oscar Wilde*, Vintage Books, 1988.

Ralphe Keyes, *The Wit & Wisdom of Oscar Wilde*, HarperCollins Publishers; 1st edition, 1996.

Hesketh Pearson, *Oscar Wilde, His Life and Wit*, Harper & Brothers, 1946.

Alvin Redman, *The Wit and Humor of Oscar Wilde*, Dover Publications, 1959.

Oscar Wilde, *Complete Short Fiction*, Penguin Classics; Reissued edition, 2003.

Oscar Wilde, *De Profundis and Other Prison Writings*, Penguin

Classics; Reprint edition, 2013.

Oscar Wilde, *The Complete Letters Of Oscar Wilde*, ed. Merlin Holland and Rupert Hart-Davis, Henry Holt and Company, 2000.

Oscar Wilde, *The Complete Works Of Oscar Wilde*, ed. Merlin Holland(fifth edition with corrections), Collins Classics, HarperCollins Publishers, 2003.

Oscar Wilde, *The Importance of Being Earnest and Other Plays*, Oxford World's Classics; Reissued edition, 2008.

Oscar Wilde, *The Major Works*, Oxford World's Classics; Reissued edition, 2008.

Oscar Wilde, *The Picture of Dorian Gray*, Penguin Classics; Revised edition, 2003.

Oscar Wilde, *The Soul of Man Under Socialism and Selected Critical Prose*, Penguin Classics, 2001.

옮긴이 박명숙	서울대학교 사범대학 불어교육과를 졸업하고 프랑스 보르도 제3대학에서 언어학 학사와 석사 학위를, 파리 소르본 대학에서 프랑스 고전주의 문학을 공부하고 '몰리에르' 연구로 불문학 박사 학위를 받았다. 서울대학교와 배재대학교에서 강의했으며, 현재 출판 기획자와 전문 번역가로 활동하고 있다. 에밀 졸라의 「목로주점」, 「제르미날」, 「여인들의 행복 백화점」, 「전진하는 진실」, 오스카 와일드의 「오스카리아나」, 「거짓의 쇠락」, 「심연으로부터」, 조지 기싱의 「헨리 라이크로프트 수상록」, 파울로 코엘료의 「순례자」, 로랑 구넬의 「가고 싶은 길을 가라」, 플로리앙 젤러의 「누구나의 연인」, 티에리 코엔의 「나는 오랫동안 그녀를 꿈꾸었다」, 프랑크 틸리에의 「뫼비우스의 띠」, 카타리나 마세티의 「옆 무덤의 남자」, 도미니크 보나의 「위대한 열정」 등의 책을 우리말로 옮겼다.

**와일드가
말하는
오스카**

1판 1쇄 펴냄 2016년 11월 25일
1판 4쇄 펴냄 2023년 8월 9일

지은이 오스카 와일드

옮긴이 박명숙

발행인 박근섭, 박상준

펴낸곳 (주)민음사

출판등록 1966. 5. 19. 제16-490호
서울시 강남구 도산대로 1길 62(신사동)
강남출판문화센터 5층 06027
대표전화 02-515-2000 팩시밀리 02-515-2007
www.minumsa.com

© 박명숙, 2016. Printed in Seoul, Korea

ISBN 978 89 374 2902 6 04800
ISBN 978 89 374 2900 2 (세트)

* 잘못 만들어진 책은 구입처에서 교환해 드립니다.